LOCUS

LOCUS

LOCUS

LOCUS

catch

catch your eyes；catch your heart；catch your mind……

catch 37 愛情A to Z
作者：一朵小花

責任編輯：何若文
主　　編：韓秀玫
美術編輯：謝富智
法律顧問：全理法律事務所董安丹律師
出版者：大塊文化出版股份有限公司
台北市105南京東路四段25號11樓
www.locuspublishing.com
讀者服務專線：0800-006689
TEL：(02) 87123898　FAX：(02) 87123897
郵撥帳號：18955675　戶名：大塊文化出版股份有限公司
e-mail:locus@locuspublishing.com
行政院新聞局局版北市業字第706號

總經銷：北城圖書有限公司
地址：台北縣三重市大智路139號
TEL：(02) 29818089 (代表號)
FAX：(02) 29883028　29813049
製版：源耕印刷事業有限公司
初版一刷：2001年 10 月
定價：新台幣 180 元
ISBN957-0316-92-6
Printed in Taiwan

A愛情to Z

一朵小花◎著

目錄

A

蘋果，夏天的童話

我與扁豆認識在剛入高中的那年。

那年暑假我們剛搬上台北，住在已經移民的伯伯家裡，一住就住了四年。

搬家那天天氣很熱。我沒想到台北的氣候這麼差，同樣都是夏天，爲什麼台南的夏天就是那麼舒服的炎熱，台北卻是又熱又濕，搬得我們全家火氣很大，爸爸和媽媽吵嘴，我和妹妹吵架。

正當大家搬得一頭氣，這時來了個男孩，比我大幾歲的男孩，站在我家門口觀望了一下，就放下手中的棍子，捲起衣袖，把爸爸肩上的彈簧床接手扛在他肩上。

「伯伯，這放哪?」然後就像個專業捆工似的，開始幫忙搬東搬西，惹得爸爸在旁開心地說道，家裡就是缺了個年輕小伙子。

「扁豆——扁豆——」

男孩聽到叫喊聲，看看四周搬得差不多的行李，拍拍身上的灰塵，便跟爸爸說先走了，然後在門口撿回棍子，回頭跟我說：

「我叫秉東，大家都叫我扁豆，就住在巷子尾，有什麼需要幫忙的就來喊我好了！」

事後扁豆告訴我，那天他其實是要去幫朋友打架的，而且還選了根結實的棍子想大發功力，不料卻遇到我們剛好搬來，他看見我們一家子全是老弱婦孺的，於是就捨下朋友的義氣，乾脆留下來幫忙搬家。

扁豆，大我兩歲的男孩，高中混沒畢業，在大過不斷、轉了好幾個學校後，就沒讀了。

問他什麼原因，他只是笑了笑說：「有人要老大看不順眼啦、翻牆蹺課老被抓啊，就這些，我可沒作姦犯科喔！」

他媽媽告訴我，扁豆的血液裡流著他爸行船人的義氣、流浪的基因，說難聽點，就是個性浮躁、好勇，「沒當流氓就不錯啦，我也不會多奢求他變好什麼的。」

其實我知道，扁豆對我有種莫名的感覺。

他常常不管是單獨一個人，還是身邊攬著新交的女朋友走過我家門口，總會習慣性地探著頭，看看門內有沒有人。

我發現好幾次了，有次還正好對到眼，兩人尷尬地露出微笑。

有時他會到家裡問爸爸米還夠不夠，說他剛好要去買米，可以順便幫我們扛回來；有時放學回家，在公車站牌會巧遇他，他說他來接他的七仔，她沒到就先送我回家吧；有時我晚點回家，他會站在巷口街燈下，一邊揮趕著蚊子，一邊等我回來，他說是我媽擔心我，要他出來等我、保護我回家；有時甚至還能在等我的空檔，跑去插手管起馬路旁因擦撞而起衝突的人群，在調解不開的情況下，用蠻力修理了兩方，在警察來之前便「驅散」了事故現場。

在那情竇初開的時期，「愛」這個字是那麼的敏感。

可是，我對他如同對待大哥一般。其實他在我家的地位也像大哥一般的穩固，爸媽會這樣放心讓他照顧我們，也是因爲能有個勇健的男生來保護女孩子也是很不錯的，更何況他在外惹事逞強，在他爸媽、我爸媽的面前卻仍表現得像個傻楞、乖巧的兒子。

我隱約發覺他喜歡我，更甚者，他愛上了我。而我，我只能說，我會永遠喜歡他，卻不會愛上他。

爲什麼？難道我的「道德觀」這麼強？還是只想嫁給有錢人家過好日子？不，當時的我沒想這麼多，也想不了這麼多。第一次遇到有人這麼偷偷的喜歡上自己，已經讓我不知如何是好了，怎還有空想到門當不當戶對不對的問題？

或許那時我還沈迷在公主與王子的美麗幸福幻想中。

高三畢業聯考那年，扁豆去當兵了。在接受朋友死黨們的最後一夜，他們喝到天亮，決定一夜不睡，直接送扁豆上火車。

在經過一夜的狂歡後，扁豆趁著要撒尿，偷偷從家裡跑了出來，遇到正要去參加畢業典禮的我。

「我今天就要去當兵了。」扁豆將頭面對著牆壁，怕我嫌他嘴中的酒氣太重。

「我知道，你媽說了。在裡面可要乖一點，別惹出什麼事來啊。」

「妳……妳和伯父、伯母會去看我吧？」

「我要聯考了，可能沒辦法去。幹嘛，當兵又不是坐牢，還怕以後碰不到面嗎？」

「說不定我會抽到金馬獎……」

「如果你眞的到金門還是馬祖當兵，嗯，我還可能會去找你玩喔！」

「眞的？」他有點受寵若驚，在緊張的面孔下露出了滿意的笑容。

「要來找我喔！」他回頭往家的方向奔跑，「別帶妳妹來，記得！」

記得。那時我只記得大學聯考，然後落榜了，然後爸爸的工作又調回老家，我們在秋天還沒來臨前就搬離了台北，然後補習，然後隔年考上學校，然後……

直到七年後的今天，我躺在床上，看著男友租回來的VCD，才又想起扁豆的事。那部電影叫做「秋天的童話」，周潤發和鍾楚紅主演。

B

愛情的泡泡別幻滅啊

B，一個在貿易公司擔任業務秘書工作的女子，剛結束一段從大學時代就一直維持至今的戀情。

那個男友在畢業當完兵後，就跟她瀟灑地說拜拜了。

因爲，其實也沒什麼好因爲的，大概是「反兵變」心態吧，他好不容易膽戰心驚的渡過兩年時光，一當完兵便產生莫名厭倦的念頭，於是就跟B說：

「我剛當完兵，妳知道，我們還是好好爲自己努力幾年。就這樣了。以後有事還是可以打電話給我喔！」

語調平靜。

不過在手機那頭，正在捷運木柵線上，想趕到男友住處幫忙丟那一包快發臭垃圾的B，卻在掛斷電話後發呆甚久。

到了站，下了車廂她也沒走出站，呆坐在椅子上好一會兒，然後過了天橋走到對面，搭乘逆向的捷運回家。

她沒把與男友分手的事告訴公司裡的同事，每天裝得跟平常一樣的上下班。

有時同事會問：「怎麼最近沒接到妳男朋友打來的電話啊？」她就回答：「他找到工作了，我們現在都是用ICQ和MAIL聯絡比較多，免得你們都知道我們的秘密了！」語末還不忘給雞婆的同事一個神秘的微笑。

無聊吧、報復吧!?她開始上各大聊天室加入談天的行列，尤其會特別挑選聊天室中男生居多的上。

她的主代號是「Butterfly」，其他的就看當天的心情與聊天室中的熱絡程度，來更改代號，比如Pool Butterfly、Happy Butterfly，或者Sexy Butterfly。

聊天室中的男人或男生，對於B的誘人代號都十分感興趣，也因爲這些代號讓她在聊天室中極受歡迎，只要出現，就有一堆「蒼蠅」自動飛過來與她談天。

而她有時吊人家胃口，專以網路符號回覆；有時卻又在談天間運用雙關語，「勾引」的那些男性網友心癢癢，頻頻要B的聯絡電話，甚至單獨相見。

宛如網路女皇呢！被眾人捧著的B在心裡嗤嗤地笑著。

她開始安排每天晚上的「高級免費晚餐」人選。

在下班時打扮得漂漂亮亮，接受同事們嫉妒的眼神是她最快樂、同時也是最心虛的時刻。

來見面的網友，有時是一個人、有時是與朋友一道來。

她想，反正是A一頓晚餐嘛，高興就與人家談天說地，不高興就裝淑女不說話，來一個、來兩個、來一堆都是一樣。雖然也遇到過毛手毛腳的網友，但是熬一下也就過去了，頂多下次不再去那個聊天室罷了，反正也沒留下電話和地址；怕被糾纏的話，再申請一個免費電子郵件信箱就好了。

今天，B晚上與一個代號「Monday」的男人相約在一家日式燒肉店碰面。

B女其實有些緊張，因爲她自從在聊天室中遇到這個男人，便下意識的將他與前任男友聯想在一塊。

該不會，Monday就是他吧!?她心裡有些忐忑不安。

雖然明知「很可能」是他，還是答應Monday的邀約。

B也不知道自己是什麼心態，是想如果眞是如此，那麼見面時要嘲笑他一頓，還是當面給他難堪轉頭就走？

結果，Monday不但不是「他」，還是個僞君子。Monday趁著她去上廁所時，將一包不知成分的東西倒入她的飲料中。

因爲廁所人多打算先回座位的B，正好看到這一幕。

她怔了一下，沒想太多，還是回到位子上，若無其事地繼續吃著烤爐上的肉片，還將另一片已經快要烤焦的牛舌片夾給Monday。本想開口跟Monday繼續前面的話題，不料話未出口，眼淚卻突然撲簌簌地流下來，這讓Monday嚇了一大跳，也忘了先前不安好心的舉動，連忙安撫哭成淚人的她，並且提前結束這頓晚餐。

傷心的B，那時突然想到自己。

我在做什麼？我要的是什麼？爲什麼我會如此「作賤」自己呢？

她問自己，「自己」卻無言回答。

多可悲啊！於是眼淚就這樣一直流下來。

B終於承認自己失戀了。

C

知了知了。有關夏天的幸福

C與男友認識在去年夏初時。

她因爲拗不過同學的請求，所以陪著同學參加一場網聚，因此認識了現在的男友。

今年夏末的陽光穿過陰雲從窗口不客氣地照滿臥室，正在一邊上網、一邊胡思亂想的C，望著被陽光直射反光的電腦螢幕發起呆來。

算算也交往一年多了。

C只記得自己想著這回事，但不知是溫暖的陽光令她昏睡還是如何，結果在恍惚睡著後夢到了初識男友的情景，並且一路夢到現在仍舊甜蜜的兩人世界。

好夢過後，C若有所思的醒了過來，腦子裡突然想到了一個小詭計，想來測試一下男友的愛情到底是不是如表面般的堅固。

收信人：X
寄信人：晳卡達
主旨：只是想認識你……
親愛的X：
抱歉寫了這封信給你，不過因為常常聽到你的女友C在辦公室中稱讚她的男友，也就是你，所以對你起了好奇心。請你千萬別跟C說起此事，我寫信給你，只是想知道你到底是否如她所說的那麼好罷了；不過，我要問什麼問題才能得知你的好呢？其實，我也不知道。算了，就當是你收到一個莫名崇拜者寄信給你吧！
晳卡達

C快速的看過自己的「傑作」後，便按下「傳送」讓信由魔電快速地送離自己的電腦。

DEAR皙卡達：

很高興收到妳的信，奇怪，妳那來我的E-Mail Address呢？難道是C派妳來測試我的？喔，恐怖喔～～～^_^說笑的啦！C都如何形容我呢？我很好奇，她很少在我面前稱讚我的好，我很想知道她在別人面前是如何說我的，不可諱言的，我很喜歡她（這在對自己有好感的女子信中提到此二字，好像……有點怪怪的^_^），如果妳有空，就來信隨便說一下她的形容詞吧！

為什麼妳也知道我的代號是X，並極度懷疑你是C派來的間諜的X

PS：皙卡達這個名字有特別的意思嗎？

收到信的C，看著男友的來信心一直噗通噗通地跳著，從「別人」的信中得知男友對自己的「忠誠」與「示愛」，眞是甜到心坎裡去了。但是對於男友將這個虛擬的晳卡達說成「有好感的女子」，卻有些吃醋的感覺。

親愛的X：

C總是會在與同事的談話間提到你，說你多麼貼心、多麼的好、多麼的……
……反正就是開口閉口都是你啦，所以造成我很想認識你、想知道你是否像她所講得那麼好，如果你懷疑我是她派來「臥底」的，我想，我可以與你約見面，以證明我的「清白」*^__^*

晳卡達就是英文「蟬」的直接發音的晳卡達

PS：想問你一個私人問題，如果你和C未進入禮堂前，有可能會選擇其他女人嗎？

當C在鍵盤上敲下「選擇其他女人」時，一股小時候做壞事等待被大人抓的緊張心情油然而起。

這會不會玩得太過火啦？如果他回答的答案是我不想聽的，那該怎麼辦？C緊張地問著自己。

就在C看著電腦中自己剛打好的信遲疑時，身旁的手機突然作響，嚇了一跳的C呆了老半天才將手機接起。

「這麼晚還上線啊？」是男友打來的。

「唉呀，人家在收E-Mail啦！」C呑吐地才說出一句。

「明天小溫要帶他女友跟我們認識，下班有空吧？我去接妳。」

爲什麼想要考驗自己的愛情呢？

難道是因爲太幸福了所以不知所措？

還是根本不相信這世界上有眞實的愛情存在？

「怎樣？不喜歡啊？是妳說想認識小溫他女友的，所以我才會答應他帶妳去的。」

幸福，是希望長還是短呢？

怎樣的幸福才算幸福呢？

若是我求證了他對我的愛，我是否會從此安心呢？

如果他反過來要求我證明我的愛情有多重呢？

「……阿雲跟她老公吹了！」Ｃ半天終於迸出句話來。

「就說愛情長跑會跑出問題吧，耶，妳該不會是受到這些分手、離婚的朋友影響，想乾脆提前『休』了我吧？」

Ｃ噗嗤一聲笑出來：「老大，你沒『休』我之前我哪敢『休』你啊！」

她在回答間按下「刪除」的ICON，將螢幕上待傳的信件送進了「刪除的郵件」。

「你等我一下，不要掛掉喔，我還有事找你算帳！親愛的X先生！」

Ｃ打開「刪除的郵件」匣，將剛才的那封信再度刪除確認後，便關掉電腦，舒服地躺在床上，與男友X先生開始討論起小溫女友的八卦事。

2

爲何不瘋狂跳舞？我的王子

在W先生剛進入這間公司時，很多人同事便有意無意的跟他提醒：「D小姐是個很危險的女人喔，你最好不要去碰她，也不要去『招惹』她！」

第一次初聽，W覺得這可能是「個人恩怨」最好不要參與這場戰爭，但是上班一週每天都有人「耳提面命」，這就有些說不過去了；而且奇怪的是，這些男同事的言詞都好像在秘密傳口令一般，內容大同小異，聲音壓低，並且都在無旁人時對他警告。

W也曾「隨意」地問過公司的女同事有關D這個人，回答的女同事都說D是個很隨和的女孩子，並且很認眞負責。

完全與男同事的說詞相反。

D小姐眞是個如此厲害的人物？她到底有什麼招數讓公司的男人這樣怕她；或說，這樣的瞧得起她？W望著因出差而空著的D的座位心裡如此想著。

當D出差結束回來上班的第一天，W就知道D的「盛名」是如何而來的了。

「W先生是吧？」正在維修電腦的D聽到有人叫他，便抬頭望向說話的D。

「不知道爲什麼我的ICQ一直上不去、變不了綠花，你可以幫我看看嗎？」

D咬著下嘴唇，有點不知所措地等著W的答覆。

哇，什麼叫做魔鬼身材天使面孔，W終於眞正明白其意了。尤其當D彎著腰和蹲在地上修得滿頭大汗的W講話時，D胸前若隱若現的乳溝，讓出校園未久的W差一點心跳出來叫救命呢。

捧著一顆噗通噗通快跳不已的心，W先放下手邊的工作將D的ICQ察看了一下又重新開機一次，小花終於變綠了。在D滿聲謝謝聲中，W有些失魂的回到座位上。

是我對她有了成見才有這種感覺，還是……W回想著D那時純眞又誠懇的表情，只覺得好感與成見正在腦子中胡亂廝殺。

Dance TEST TEST！如果你收到我的Q就代表我的ICQ已經好了。^_^

Water 你是……

Dance 是我啦，你剛剛不是才修好我的ICQ嗎？難道今天還有別的同事壞掉？

Water 喔，原來是D小姐啊，我不知道你的暱稱是Dance，所以……Sorry

Dance 沒關係，我只是想測試一下，順便謝謝你*^_^*，就這樣，祝新公司新工作愉快！

W望著D傳來的ICQ訊息，一點也不香豔火爆，反而十分的客套，居然有點失望起來。

W躺在床上，將手越過正在發呆的D的身體，把桌上尚還有些冰涼的啤酒一口氣灌進口中。

怎麼會上D的床？其實W也不甚清楚。

正要下班隨手將電腦關閉的他，「不經意」看到D的ICQ尚未離線。

Water 還沒下班，先走嘍，881……

Dance 正要走，只是在想家裡的啤酒已經喝完了，有沒有超市正在打折的。OK，

886……

Water 那個公司旁邊的松青好像正在促銷，你去看看吧。881……

結果兩人關了機後，各自下班卻在超市碰了頭，然後他幫D提啤酒，一路提到D家。然後因爲口渴就喝了啤酒，然後D將上衣脫去露出只著內衣的白晰身體，然後兩人就辦起事來。這過程似乎有些不可思議啊！W想著。

「幫我簽個名吧！」D不知何時已經將一本素面的記事本遞到W的面前，「你是第三十二號呢！」

「簽這個做什麼？」W邊問邊將自己的名字工整的填上。

W突然打了個冷顫。

「記錄罷了。」D冷冷地說。

「妳……妳該不是有愛滋吧？」

「沒有。」

「還是……妳想勒索我？」

「沒有。」

「可是……女人怎麼有這麼容易自己上床的？」

「我喜歡。」

D穿上衣服，「我喜歡。做愛是個運動，我喜歡做愛，而且只喜歡跟一個人做愛一次並且記錄感受，當成日記一般，別大驚小怪的了，耶，你是男人耶！」D語氣平穩、輕輕柔柔地說著。

W忽然覺得傳統觀念的角色對調了，有種被當成「動物」的感覺；對了，就是自己被剝光躺在豬肉攤上被拍賣的感覺。望著D穿著睡衣還包不住惹火身材的背影，D明白了公司男同事的善心警告了。

ε

Electric Girl，永遠不停換男人

我是座核能發電廠，不只戀愛電力驚人，危險與傷害能力也不容忽視。

E同時與三個男人談戀愛，這對身旁連一個男友都沒有的死黨L而言，眞是感到不可思議。

L是那種寧缺勿濫的女人，對於E經常性更換男友的習性，總是暗地裡有點嗤之以鼻，更何況這次居然同時與三個男人談戀愛，而且還分隔三地、運用三種方式談起戀愛來。

「趕快挑一個好好交往吧！妳媽不是一直催妳快點安定下來嗎？」

E因爲與其中一位男友相約，時間未到，所以便提前約L喝下午茶聊天。

「妳以爲我不想啊？」E有氣沒氣地說著，「但是，妳叫我挑誰呢？那個Mr.R，生活對他而言就是工作和加班。下了班呢，只會窩在電腦前打電動，才交往不過半年，對我的態度就像對『內人』一般！雖然他對我是不錯啦，但是總覺得太木訥、不懂風情！」

「而Mr.M，那個住在高雄總是用E-Mail通信聯絡感情的男人，雖然談得比較深入，也願意分享彼此的快樂與痛苦，而且總是會轉寄一些好玩有趣的東西給我，算是浪漫懂風情，但是總覺得他太喜歡沉溺在自我的喜樂中，很怕跟這種人在『眞實』生活中一起過活，會受不了！」

「至於那個永遠喜歡用ICQ聯絡的Mr.Q，算是三個人當中最摸得清我脾氣的人，只要我回Q的語氣不好，他馬上就會逗我開心，幫我罵惹我生氣的人；但是，唉！他這種世面見得多、有點油條的人，說要正式交往，我怕妳都不同意呢！」

L望著仔細數落眾男友的E女，一時也不知該對她說些什麼。

因爲她自己也在心底自問，如果這三個男人也同時被她遇到，她是否也會如E一般不知如何選擇。因爲三個人帶來三種不同空間的快樂與滿足，但個別的優點與缺點卻無法構成一個新好男人的條件。

「如果他們三個合爲一體就好了……哈哈！真貪心……」E帶著戲謔的口吻對著L說。

「難道他們都沒有發覺對方嗎？」L有點嫉妒E女的戀愛運，酸酸的講。

「三個男朋友、三個地點、三個空間，我想他們應該都不知道有第三者吧，不，有第四者才對，唉呀，當初我也不是特意要這樣將男朋友分類，只不過剛好就這樣認識一個在現實生活中、一個喜歡用Mail聯絡、一個愛上ICQ的男人罷了……」E講到此不知想到什麼，眉頭皺了一下，「而且他們應該都知道……我是一個沒有男人依靠就活不下去的女人……我也曾對他們說過，我會爲了擁有男人而發電，我是座核能發電廠，不只戀愛電力驚人，危險與傷害能力也不容忽視，想愛我就來；要不，就走開……」

E眼神飄向遠方。

L望著E，覺得E今天怎麼這麼感性，居然將心頭話毫不遮掩地就說出，讓她有種好像逼人說出心底事的罪惡感，便急忙攪動已變溫涼的紅茶。

不一會兒，E忽感自己失神了，連忙變換表情向L扮了個鬼臉。

「哈，眞討厭，小天使跑出來了！」

L裝蒜，張大眼睛表示不知道發生什麼事。

「好啦，時間不早了，那個老實的Mr.R就要來了，妳快點走吧！」E女笑著假裝做催趕狀。

L忽然在腦海中浮現自己曾談過的那段受傷害的艱苦愛戀。

兩人有默契的眼神對望了一下。

「我自有打算啦！」E笑著說，便把L推向已見黃昏的街道中。

7

離開Feather & Free咖啡館

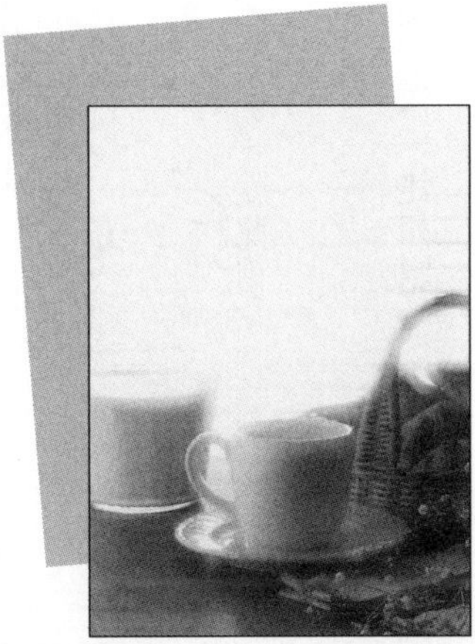

F愛上一個腳踏兩條船的男人，不過這個男人對於有兩個女朋友的「豔遇」卻不怎「高興」。

他總是跟因爲工作而認識、相愛達三年的F說，「我也不願這樣，不要再逼我選擇誰了好嗎？」

一臉無辜難過樣，讓人不忍再責問他什麼。

F難捨這段感情，也不願意分手，就此不再談及第三者的事。

是嗎？是這樣嗎？難道錯在我？難道要我自己放棄？T，兩個女人爲你奉獻純眞愛情，卻把燙手山芋交到我的手中，並且還要甘之如飴，算你狠！

F搖頭傷心自問。

第三者是T同事的學妹，一開始是因爲學妹搬家的關係而去幫忙，就此相識。

學妹是那種鄉下純樸女孩，剛搬到都市來生活，很多事都不懂，比如認路、買生活用品、坐捷運等，便經常來請教T。

T剛開始也是抱著日行一善的「善心」態度來幫助學妹，沒想到日久生情，對學妹從習慣變成了愛。

女人的第六感特別強烈，尤其是自己的男人有些微的變化時。

當有這種猜測，F便要T別這麼「經常」性的去幫學妹的忙，「難道你看不出來，學妹對你有・好・感？」

「笑話，別傻了！她知道我有一個愛得要死的女朋友，她還經常問妳好不好呢！」

爲了怕T以爲自己是個愛吃醋的女人，還特地表示不在意，請男友約學妹一起吃飯，但是一頓飯下來，更加確定了F的想法是對的。

「我看得出來，學妹喜歡你。」

「唉，你們女人眞是的，天天胡思亂想！」

結果，半年後T陷入學妹愛的陷阱，又不忍放棄舊情人F，便開始周遊在二女之間。

下班跟F吃吃飯、看電影，然後到學妹家修電風扇；假日與F在家裡與父母談天、整理工作上的資料，晚上與學妹唱KTV。

F知道，這樣下去不是辦法，愛一個男人要擁有的是全部，而非與人共享；而且，在人前強顏歡笑，眞的好累！

在膽戰心驚下，跟T談了幾次未來，T總是蹙眉以對，承認自己的「不小心」，並有些恍惚地頻頻說無法決定去傷害哪一個女孩子，但最後答應願意「慢慢」的跟學妹分開。

「妳知道，我愛妳比愛學妹多，但是學妹是那種不會照料自己的人，我想幫她打點好一切，就不再來往。」

T泛著淚光，痛苦的做下決定。

F不滿意這個答案，因爲她知道學妹抓住了一個好男人是不會這樣輕易鬆手的。

但是看T如此痛苦，又不知該如何是好。

T終於狠下心跟學妹說要分手的事，結果學妹居然不爲難他，並很高興的祝他們幸福，且對於介入他們之間很抱歉。

但沒想到，當晚失戀的學妹喝了些酒，跑到F租屋的地方，趁著酒意流著眼淚，跟F抽抽噎噎地說：

「他終於選擇了妳，祝妳幸福喔，要幸福喔……我這一輩子就愛這一個男人，妳可不可以讓給我？我相信……我愛他愛的比妳深，別……這樣……不要……我說說就走……」噗通一聲，學妹跪了下來，「我愛他……我愛他……妳退出好不好……」

F對於眼前突然發生像電視九點半檔戲劇的內容嚇呆了，從學妹嘴裡吐出來的隻字片語，正是她想跟學妹懇求的話語。不過爲了保衛自己的愛情，她突然清醒並壯起膽，很冷靜一個字一個字的說：

「學妹，愛情是不能分享的，還是我也跪下來，請求妳憐憫我，退出好嗎？」

學妹只是靠在門邊抽搐，不知有沒有聽進F的話。

F打電話給T，要他來處理善後。

T趕來見到此情景，緊咬著雙唇不發一語，將學妹背上身，送她回去。

這件事情發生後，三人行的狀況依舊沒改變。

T憐惜學妹的深情，放不下F的愛情。

F多想逃離這一場毫無勝算的愛情戰場，像根羽毛一樣自由自在地在太陽下隨風飄逸；但是無法離開T的她，只能看著自己的男友遊走在二女之間。

我無法做到飄逸的羽毛，我只是個沾濕了水被黏在愛情牢籠裡飛不起的羽毛。F嘆口氣自嘲。

就最後一次逼男友抉擇吧，如果T再如此搖擺不定，就讓自己出國遊學去，強迫忘了他吧。

但，如果T選擇了我，如果T選擇了我……那麼最後事情是否還是又重回原點，根本沒改變呢？

F約了T在初相識的咖啡館談判，她知道無論此次的答案爲何，自己都是失敗者，一切就等T親自說出口，這塊一直擱在心裏的石頭，應該就會放下。

T不言。

F不逼迫他，抬頭望著這張熟悉的面孔，靜靜等著答案。

「對於愛情我已經沖昏了頭，我只能衡量，如果妳們之間誰沒有我會活不下去。」

F鼻頭一酸，淚水充滿眼眶中，嘴角仍維持著笑容。

T的眼光不敢直對F，「妳自立自強慣了，沒有我一樣會活得很好，但是，學妹只能靠我。」

沈默。

鼎沸的只有咖啡館內吵雜的人聲。

「謝謝你回答出我沒有想過的理由，那就好好去愛學妹吧！」

F深呼吸，起身，準備離去。

「但是，可不可以給我一段時間，我眞的捨不下妳……」

F原想回頭對T留下最後一個笑容，但是，終究還是忍住眼淚，快步走出這個Feather & Free咖啡館。

Go Away, My Dear Boyfriend

My Dear H：

很高興，我終於做了決定，並且立刻寫下這個難得的答案，用E-Mail寄給你。雖然，我也想讓你看看我的筆跡，讓你感受一下我的溫度感覺，但是，我想，你並不在乎，對吧？

為怕這個分手的決定變異，我是說，可能我又因為睡了一覺，發覺不能沒有你，而像無事樣地回到你身邊（你知道，這種事不只發生過一兩次）。

在這封信寄給你的同時，我會換上新辦好的手機號碼，將當初在情人節時與你一同挑選連號的那個紀念性號碼，丟入馬桶中，並且馬上按下沖水鍵，讓它消失，讓我無能反悔。至於住處的電話，今天下午電信局的人已經來幫我新接了一個新號碼；舊的，在過了今夜午時，我將會拔掉它。

E-Mail你也不用試了，我會重新申請一個免費信箱代替；人你也不用找了，明天我將出國一段時間，什麼時候回來？我想，大家有個底就好。

最後剩下可聯絡我行蹤的地方只有彰化的爸媽那兒，但是，依你的膽量，應該是不敢騷擾到老家那裡吧。

這一切花費很少，除了機票以外。我沒想到離開一個人原來是不用付出什麼物質代價的，這和我與你談了三年的廉價愛情相比，嗯……對不起，我一時想不出該怎麼去相比。

你一直以為我非你莫嫁（其實是真的），總是覺得我對你的愛與關懷是另一種形式的逼婚（我沒這麼想過），所以你總是背著我跟朋友抱怨，抱怨我跟你老媽一樣。

我真的跟你媽媽一樣嗎？還是我真的管得太多？當我開始捫心自問時，開始懷疑我對你的愛是「愛」還是「習慣」，如果我們現在尚未結婚就對「結婚」這二字的定義不同，那麼，我們是否應該趕緊踩煞車，別等到有天我們想結婚、也結了婚，然後再用後半輩子為此議題爭論不休？

其實我發覺，我們的情況已經是習慣大於愛了，而且你已經開始將我給你的愛，踐踏成甩不掉身的口香糖。

是的，你掌握了我的最大弱點，我愛你，所以不在乎我的感受與付出，因為無論如何，我都會用愛的糖衣來包裹你的孩子脾氣。

沒錯，我曾經想過，做個傻女人只求付出不問收穫，你對我好，我會將它放大像天空一樣的遼闊；你對我的任性，我會等待你的成長不計較。

但是，親愛的，這未免太累了，明知不是完人卻要承受完人的完美，長久下來會讓自己爆炸的。

所以我尋求溝通，溝通不成就躲你幾天遠遠的，但最後，不是你打通電話扯東扯西地低頭SAY SORRY，就是你連電話都不打我自己犯賤，又回頭做完美女子。

對，這一切都錯在我，你習慣性地依賴我，我離不開你，都是自作孽。

前幾天我在電視上看到了一場舞蹈比賽（別問我怎會突然看這種節目），比賽者男男女女身穿花俏亮麗的衣裳，擠在場地中大跳阿哥哥。

音樂很長、很吵，現場收音不佳，連觀眾吃零食、喝可樂、夾帶批評的聲音都隨著阿哥哥的主旋律雜聲播出，這讓我覺得很煩、很討厭（這到底是哪一家電視台轉播的啊），於是就將電視聲音定在靜音，讓現場保持「安靜」。然後，電視啞了，場地的那一群人依舊極有「默契」的努力跳動著、搖擺著、為了分數將嘴角極力往上揚著。一副歌舞昇平狀。

我將聲音打開。我將聲音關掉。我將聲音打開。我將聲音關掉。

然後，就突然覺得想分手了（如果那時我想到要去當尼姑，也可能去做了吧），那是一種很難形容的感覺，心也靜了，意識也清晰了，也不煩躁了。接下來一、兩天中，我就將前面說的一切事宜都辦妥了，現在就只剩將這封信寫好寄給你。

為了怕這「清醒」是短暫的，我已將工作請辭，明天我將出國一段時間，讓自己更堅定抉擇的正確。

就這樣了，沒事，不，有事也請不要再與我聯絡了！

Dear H，Go Away。

Griselda

H

Honey，我該對你誠實嗎

雖然已經午夜十二點了，西門町依舊人潮洶湧。

H坐在捷運站的出口邊，看著加開的最後一班捷運送來一堆從中正紀念堂、市府廣場剛狂歡完的年少男女。這群意猶未盡的人在快樂喧囂聲中，從出口處四散，留下尚未消失的興奮節慶氣氛。

她忘了是在想事情或是轉爲發呆，突然驚醒時，發覺捷運站已經隨著鐵捲門拉下而關閉。

原本到西門町內逛街的人群這時又游回麥當勞圓環這裡，她仔細觀望了一陣，才發覺原來這群坐著捷運加開班車來到此處的人群，因爲沒有加班公車可乘坐回家，而散坐在路旁，並與朋友們談著天、打著手機，等待市政府的「發現」，然後坐上各路加班公車，將他們帶回到可供安心休息的家，帶來最後一個節慶狂歡的Happy Ending。

「媽，嘸公車了啦，啥知影台北市政府在做什麼啊，妳叫阿爸來接我啦⋯⋯

……」女孩被男孩攬在懷裡，似乎打電話回家搬救兵。

H也下意識地將手機拿出，按下速撥鍵1，卻發覺打不出去，訊號格全無了。

「ㄟ，太爛了，我的手機打不出去，你的呢？」

「一樣，喔，有夠爛耶……」

今天是情人們的三大節日之一，但是H卻沒跟男友一同慶祝，她選擇了去找小時候的青梅竹馬阿B。

在得知小學畢業後就移民到加拿大的阿B會在節慶時期回台灣探親時，她的心便無法控制的小鹿亂撞，並且臉紅得像蘋果一般，那個國小六年級時的她，馬上從回憶中釋放出來，彷若這經過的十年與離別的那時只有一秒之隔。

幾番遲疑該如何開口跟男友說「節日你一個人過，我去找初戀男友！」這種狠心的話語；又怕失去與阿B見面的機會，白天左思右想、夜裡翻來覆去地折騰著自己，而男友也以爲她工作壓力太大，所以見面時總是心神不寧，只好自己一個人偷偷安排節慶的兩人活動，希望到時能博取H的歡心。

「嗯，我的國小鄰居從國外回來，他只在台北待一天辦事、找朋友。所以，對不起，那天我不能跟你一起度過。」她選擇在電話中撒謊，因爲這樣看不到眞心渴望與她一起出遊狂歡的男友失望的臉。

雖然她能想像聽到這些話的他的無奈表情。

「既然是這樣也沒辦法，不過，這個鄰居，該不會是個，男的吧？」

「耶，別以爲我不會喜歡上女的喔！」在心跳之餘，H想不到自己還有時間與男友開玩笑。

「聊晚了，打電話給我，我來接妳！」

今晚終於懷著一顆忐忑不安的心情與阿B見面了。

她想，這一刻再不來到，她強壯的心臟可能都會因爲過度的急速跳動而萎縮。

原本只是想輕微重嚐一下童年青澀愛戀的感覺，沒想到兩人相談甚歡。阿B在加拿大經常上台灣的相關網站，所以對台灣的政治、娛樂八卦瞭若指掌，完全不像越洋離鄉十年的……男人，是的，他已經不是當時的小男孩了，眼前與她談笑風生的阿B，是個嘴角隱約還帶著小時候頑皮笑容，但身材與面貌已經長大的男人了。

「老實說，我都忘了我是個有男朋友的女人了呢！」H望著無訊號格的手機喃喃自語，「對啊，我也長大變成女人了，不是當初的小女孩了……」

阿B的出現令她心動，十年前兩人天天在一起玩耍、打架，十年後再度碰面，那份契合的感覺仍未變，越談越多越不想分開，她已經無法去判斷這是一時的想在一起，或是時間距離的捉弄。

與阿B不捨分開後，H便坐在捷運口邊發呆，有時想到兩人能再見面的幸運、有時憶起小時候的調皮事，最後，想到現在的男友，思緒便混亂了起來。

這算是精神出軌嗎？但是，我又那麼想跟阿B在一起，甚至隨他去加拿大讀書。那我算是移情別戀了嗎？但是，有這麼嚴重嗎？H自問。

「嗯，是我。我在西門町的圓環，快來接我吧！」

犯了罪的感覺在H的心裡一直散不去。

到底要不要對男友誠實報告今天的行蹤？到底要不要繼續與阿B聯絡？

H累了，累得想裝傻，一切等男友來，送她回家大睡一場後，再讓明天的自己來面對現實吧。

1

24秒後，來客聖誕失戀冰淇淋吧

暖暖的冬陽溫和地照在公車車窗上，使得車內趕著回家的上班族與學生身上，都籠罩在一片金黃色的陽光中。

也許是太溫暖吧，還是已經累了一天，公車內的人們不語，隱約只聽到兩個高中女學生在低語學校發生的八卦。

i被擠在車門邊，緊緊握住欄杆，數著再過三站就能夠回到家，眼光直盯著只剩二十八秒就轉變爲紅燈的交通號誌。

i的男友在聖誕夜必須負責企畫的活動，所以不能一起卿卿我我地共渡只有倆人的浪漫節日。

想到晚上還要去活動PUB陪男友，就覺得累啊。i暗自想著。

閃著倒數計時的交通號誌，二十七、二十六、二十五、二十四秒……

她發現號誌杜旁站著一個似曾相似的身影。

突然被電擊的感覺震驚全身，彷彿只有千分之一秒卻將幾百萬千瓦的電力瞬間擊中心臟一般。

啊，難道是C君？那個在某年聖誕夜後就不見蹤影的男友？

i曾想過如果有天再遇到他，要怎麼詢問，爲什麼不說一言的就離開她？爲什麼一切都進行的好好的、也沒有第三者介入，就不見蹤跡？在沒聯絡、也聯絡不到的日子裡，i總是反覆練習著這些問題，就是想有天遇到他時能問個明白，並且問個清楚。

但是一年、兩年過去了，C君的消息從朋友那斷斷續續得知，他畢業了、他當兵了，然後就此無消無息。

幾年後C君所造成的傷害雖未完全褪去，卻也不再自怨，在第三年因工作的關係認識了現在的男友，至今。

是他嗎？i懷疑著。緊張的心情與心臟強力急速的跳動，讓她無法思考，看著號誌柱十五、十四、十三秒不停的跳動，她覺得缺氧頭暈，禁不住大口呼吸起來。

十二、十一、十……

號誌燈開始急速閃動。

九、八、七、六、五……

就算是認錯人也罷，我也死了這條心。

i盯著那個極像C君的男子這樣告訴自己。

四、三、二、一……

「司機，我要下車！我要下車！」

準備開動公車的司機與乘客忽然聽到i的急促呼聲，都嚇了一跳。

司機不理會i，將車直行過了十字路口。

「司機，我・說・我・要・下・車！」i字字鏗鏘有力，彷彿不停車她就可能自行扳開車門。

世面見多的司機老神在在地轉頭看著i，原想好好告誡一番，沒想到看到一個面紅耳赤、氣喘不停的女子瞪著眼看他，突然像做錯事一般，急忙將公車停在紅綠燈後，打開車門。

「不是瘋子就是有病！」司機看著奪門而出的i搖著頭說。

i跑著，心急地看著穿越馬路的C君，也不管號誌燈已經轉黃，拼命地在後面追趕，並且在腦中念頭一轉才想要不要呼叫C君，口中就已經迸出以爲已經忘了的名字：「陳凰路！陳凰路！陳凰路！」

已經過到對面街道的C君，聽到彷彿有人叫他，停了下來，東張西望。

被不少路人一路打量著的i終於追上了C君。

「陳凰路，是我！」i急忙將呼吸調勻，憋住快要缺氣的呼吸，裝無事狀問著。

「耶，i，好久不見！眞的好幾年沒看到妳了，近來好吧？」

「還好啊，你呢？上班了嗎？還是讀書去了？」

「早就上班了，現在在貿易公司接國外訂單。妳都沒什麼變嘛!?」

「哈哈，你還是那麼會說話。」

「我的車停在黃線，這是我的名片，上面有我大哥大的號碼，再聯絡嘍!」

C君說畢，便伸手說拜拜，趕著去開車。

i遲疑了一下。

「陳凰路……」

「咦?」C君回頭。

i快步跟上前去。

「其實，我一直很想問你，那年，爲什麼在渡過一個快樂的聖誕夜後，我們兩個就越走越遠了?」

「啊?喔，我記得了，那天晚上我不是說想要『那個』，結果妳說很累不要，所以送妳回家後，我就又回到PARTY上，結果遇到一個正點洋妞，跟她上床後就被她『煞』到，那時眞的迷得我六親不認，然後一段時間後……差不多三個月吧，那個洋妞回法國去了，我才想到妳，不過又想，這麼久沒跟妳聯絡妳一定氣死了，就想等一陣子再說，沒想到，一等就忘了，哈哈哈！」

「哈哈哈！」

事情發生四、五年了，C君已經將它當件笑話在談訴；i呢，也只能假裝哈哈一笑帶過這段莫名結束的戀情。

「你知道，那時對我的打擊很大呢，尤其是在經過一個令人難忘的聖誕夜後，緊跟著的新年、農曆年、情人節。」

i笑笑地說道，說完後感到輕鬆不少。

「哈哈，原諒我年少輕狂嘛！」C君有點不好意思笑著說。

「那就，再聯絡嘍！」i露出完美的微笑。

「我都忘了我的車呢，喔，拜拜了！Marry Christmas！」

「Marry Christmas！」

i望著走遠的身影，呆呆站在原地許久。

她咬著下唇、眼噙著淚，忽覺當年所受的委屈，全在這一番談話後流洩出來。

「Marry Christmas，我遲來的失戀。」

J

他是妳的傑克，我是他的備份情人

「心情不好啊，走，我們上陽明山兜風去！」

我的「男友」傑克剛跟他的女朋友冷戰，所以跑來我這裡窩著，喝了幾罐啤酒，覺得悶得慌，便建議坐上他的摩托車一起去被風吹吹。

沒錯，他是那個女孩的正牌男友，也是我「自認」的男友；而我則是他口中那個比朋友還要好一點、再多加一點的備份情人。當然，他從未這樣說過，不過，我們都默認這項事實。

雖然，默認的程度有差別。

他起身拍拍屁股，望著我，一副我怎麼還不馬上行動的神情。

我也大方回望著他，然後順手拿起床邊的大衣，小跑步到他身邊，低著頭磨蹭我織給他的毛衣的背部，想掩飾剛剛遲疑的二分之一秒。

若是這場冷戰能讓他們分手就好了！那時我的腦海突然閃過這個念頭。

我不覺得「詛咒」他們分開有什麼罪過，也深深覺得如果他們繼續在一起，我勢必會再等待下去。

其實不管傑克身邊的女孩是誰，我永遠都是等待的那方。也許等到他結婚，或許那時我才會眞正解脫，眞正死心吧。

「在想什麼，我都快煩死了，妳還這麼慢！」

傑克把我從背後像抓小雞似地提到他的身邊，然後像哥兒們的擁我，走出屋外。

「喂，你女朋友會生氣眞是應該的，你看，對女人這麼輕薄……」

「女人？別提女人了，不知道她發什麼脾氣，我已經跟她說有份很急的報告要趕，叫她過兩天再來找我，耶，她就生氣了！也不看看誰心情好啦!?算了，打電話不接就算了，我們都冷靜冷靜吧！」

傑克憶起當晚連續打電話給他女友賠不是、卻被人甩電話的經過，其實口氣已經跟他第一次跟我訴說時平穩許多，甚至有點開始覺得這場冷戰怎麼這麼長的感覺。

「哈哈」我假裝乾笑兩聲，「有人在想女朋友嘍！」

我瞭解他的個性，瞭解他何時脾氣會爆發，瞭解他何時會爲愛情低頭。

試著發動摩托車的他，有點小把柄被識破的感覺，嘴癟了一下。

「知我莫若J呀，我乾脆把你『升』做我的女朋友，讓我過過好日子吧！」

原本只是想要點嘴皮，沒想到這番話說出來令我們都嚇了一跳。

就好像在玩心臟病時，突然把牌面翻過來時，正好跟喊的號碼一樣，心臟當場爆掉。

我想我的臉色一定比傑克可怕，我開始幻想我的身體因爲心臟爆掉的關係，所以才一直前後搖晃不已；而我的血在同一秒鐘被地心引力吸住，往土地裡急速流動，讓我全身軟綿綿的，慢慢陷入土裡。

「好啊，我來當你的正牌女朋友！」

一陣暈眩後，我從口中吐出這幾個只會出現在日記中的字。

「……」

我不敢抬頭看他，低著頭坐上車，攬著他的腰。

「J，妳說眞的嗎？」

我下車，面對著他，心想該把握這個機會，把全部的事情都說破，就算破斧沈舟也不後悔。

我吸了一口氣，心情五味雜陳。我望著他，他到底眞知道？還是眞糊塗？他難道感受不出我的百分百情感嗎？

我吸了一口氣，閉上眼睛，眼淚不自主地流了下來。

哈，我眞是沒膽的人啊，我連口都不敢張開，緊緊的閉上，深怕眞話一出口，連朋友都沒得做。

「看，風沙大，流眼淚了吧！快上車，晚了就不好玩了！」

隨便地一句話解圍了尷尬的空氣。

我遲疑了二分之一秒，該上車，還是回屋內？最後還是掛上帶淚的笑臉，緊摟著他，一路飛馳。

K

將你心中的女友KO好嗎

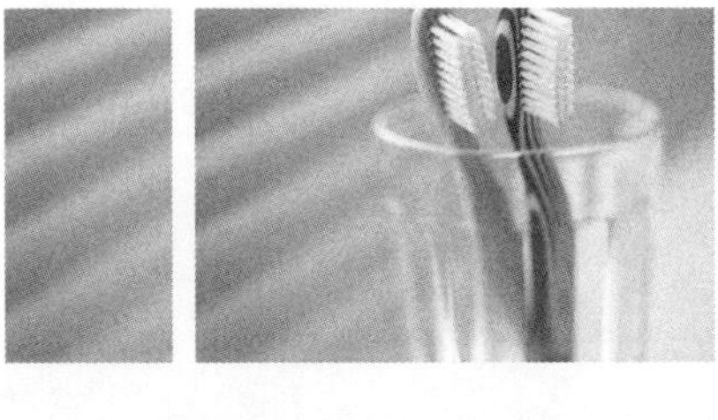

他的心中還是藏著一把尺，一把以舊女友當典範規臬的尺，到處量著，不論是吃飯、打電話、逛街、看電影，只要跟他在一起，這把尺便不停地被拿出來量。

「吃……這個不好吧!?」他對著K說，「只是顏色漂亮罷了，有什麼好吃的！」因為從前的女友最喜歡吃這種美麗的垃圾食物，所以當現任的女友K在提議晚上吃什麼時，他便馬上潑冷水，深怕K眞的抓著他去吃下這一頓難嚥傷感的晚餐。

「女孩子要抹這種顏色的口紅才會顯得膚質好，」K在百貨公司化妝品專櫃選唇膏時，顏色抓拿不定，拿了幾色給他挑選，他一眼就瞧見豆沙紅色，「聽我的，沒錯，就這種顏色！」因為他的前任女友曾經擁有過相同廠牌、相同顏色的口紅，初次塗抹在她的唇上，讓他驚豔著迷不已，並且藉機在等捷運時吻了她，還在他的嘴唇留下淡淡豆沙紅色。

「可是，這種口紅好像不是持久型的……」K遲疑著，她不喜歡常常補妝，也討厭要不時注意口紅是否掉落。

「唉呀，妳叫我出主意，又不聽我的，那問我幹嘛!?」他有點生氣。

最後K還是將那支豆沙色的口紅買下來。

K與男友認識在他剛結束一段無結果的戀情時。

說剛結束其實也不算，已經分手半年了吧。男友原本與前女友已經論及婚嫁，但是在準備提親時，卻遭到女友父母的強烈反對，原因是門不當戶不對，嫌他無事業基礎、無背景，然後便強押女孩回南部家裡。聽從父母話的女孩，就這樣跟他分開了。

而K，是在與同學聚餐時認識他的，覺得他心地良善、人很好、脾氣不錯，便開始交往。

就跟一般的男女朋友關係一樣，他們雖然有時吵吵架、拌拌嘴，不過也不一會兒就和好了，甜蜜幸福的氛圍總不消失。但是K總覺得哪裡不對，那種女人第六感的直覺發出強烈的問號，直到她確定在他們之間，存在著一個無形卻重要的「她」。

原來，他什麼事都以「她」的喜惡來表示是或否，只是答案可能是相同或相反。總之，吃進任何可樂、冰淇淋，逛遍任何大街，坐著隨便一線的捷運，他都會先將那把尺拿出來量，會導致他受傷的，他就趕快搖頭拒絕，而能引發他快樂回憶的，卻又巴不得K快點跟從。

他透過K與完美的「她」繼續交往。

K卻透過男友的深情眼眸，不能肯定他望著是自己還是「她」。

就要過農曆年了，K試探地問著男友要不要去他老家幫忙。

「幫忙？妳會煮飯炒菜啊？」男友隨口應了一句。

K知道那是一種推托之詞。

「你的意思是，我見不得你爸媽嘍？」K假裝生氣嘟起嘴，希望引起男友重新重視農曆年帶回家見「公婆」的禮俗。

但當話一出口，K又對自己的幼稚行爲感到難過。這一切的行爲舉止只是想證明男友心中是放著個她，而非只是個模糊的影子啊。

雖然繼續當影子下去，K還是不會反對，而且如果有天男友跟她求婚，K說不定會答應嫁給他。自己賤嗎？天下沒男人了嗎？K搖頭問著自己。

「我都不一定會回家了，妳跟去幹嘛？唉呀，別給我惹事好嗎？」男友跑來搔K的癢，讓K笑著流出了眼淚。

K無力祛除男友心中舊女友的重量，也無法找到比他更好的男人，一時突生對人生的無力感。

她躲掉男友的突襲，疲倦地笑著擦掉眼淚，一屁股坐在沙發上，忽然感覺一股疲累襲身，索性靠著沙發扶軸，用手支撐著頭想休息一會兒，不想跟男友多辯。然而斜眼一瞥，望見男友也正面帶捉弄微笑地看著自己，K輕嘆口氣，不明白此時是舊女友上了自己的身，還是兩個女人已經融成一體能讓男友如此快樂。

「快起來，懶蟲！不是說好要去迪化街買年貨嗎？」在她陷入昏睡狀態後聽見男友這麼說。

K起身，突然跳起鉤住男友的脖子，像個無尾熊似的抱著他，在兩人有默契的興奮胡亂甩身亂叫一通後，他們推開門快步走出。

L

我想要我們在一起的幸福

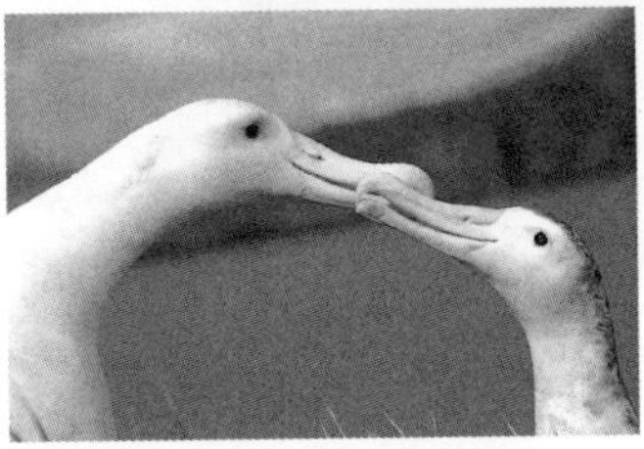

DEAR Lucy：

親愛的Lance：

　　跟妳要了好久的E-mail，現在終於想到要寫信給妳。

我也等了好久。^_^

　　記得我們第一次碰面講過的第一句話嗎？其實，我只記得我們似乎在同時間說出：「……」因為久聞其名，所以碰到面時反而說不出話來。

　　我們的長相真的很像，遇過妳的我的朋友總是跟我說，好像在看另一個女生版的我，還說如果有天我們相見，一定像照鏡子一般。

　　那天初相遇我是覺得有像，但不應該像到讓妳張開口呆在那久久說不出話來吧？哈哈，那時的妳真像個傻瓜。

沒錯，那情景我還記得。

之前我的朋友也常告訴我，在某個地方，有個男生簡直就像是我的翻版，聽歸聽，但嗤之以鼻的感覺比較多，因爲一個男生如果長得像我，那不是太娘了嗎？

但是，眞正見面的那一天，當我看到你的背影才覺得有種熟悉的感覺時，同時間你便回過頭來望著我，眞的讓我怔住了，我甚至很認眞的懷疑我的父母是否曾經丟過一個男孩。

然後認識至今三個月，我越來越不覺得我們的外貌真的如同朋友而言這麼相似，妳細心敏感，我粗心好動，我並非說我們不合，反而認為是這麼的互補密合。（妳應該猜得到在我打出這些字眼時，開始臉紅心跳了吧）

我想，你也猜得到我的緊張和心跳。

是上天賜給我們夫妻臉嗎？如果是，為什麼又讓妳身邊出現這麼多強勁的挑戰者；而妳，還常常有意無意的躲著我呢？

我託朋友將妳上下班的固定路線圖畫給我，讓我強迫自己執行每週五天定點「偶遇」的任務，不過在兩天碰面普通打過招呼「寒暄」後，妳就離開了這個路線圖，我怕是自己等的時間有問題，還特別改採定點等待的方式，不過，妳的身影就此未曾出現。

不知道你小時候看不看漫畫書，我記得小時候曾將看過吉野碩實畫的一部漫畫，日文名叫《荒野上的少年》吧，但是台灣卻叫做《城市少女》這般俗的名字。

我想說的是，在年少時看到這部漫畫讓我感觸良多（也可說是少年強說愁），故事內容是說一個女孩遇到一個跟她長相相似的男孩，及倆人交往的事，最後因爲兩人個性太相似、脾氣也同樣倔，相戀反而讓彼此都極度受傷。最後，似乎是男孩殺了女孩吧!?我忘了到底誰殺了誰，但是讓其中一個消失卻是唯一能解除這個惡咒的答案。

其實，我遇到你的那天就有一種感覺。

嗯，我的眞命天子終於出現了，但是，緊接著因爲發覺我們的習性相似、喜惡也相近時，卻開始害怕未來，害怕有天我們會因太清楚對方的個性而自殘。

我知道我很傻，但是我眞的害怕結局，更怕因此傷害對方。

所以我開始躲著你，想讓你死心，每每看到你站在捷運出口賣蔥油餅的攤子前吃著蔥油餅，然後眼光到處搜尋我的身影時，我總願意多走一站，就爲了躲避你。

我想妳知道我這次寫信給妳真正的原因，喜歡一個人不容易，愛上一個人更難，我不知道我是哪裡做錯讓妳躲著我，如果有，我願意改；但是，若是妳覺得我是癩蛤蟆想吃天鵝肉的話，也請早告訴我；覺得麻煩，也可以寫封Mail給我，只要在主旨上留一個「bye」字，我就會知難而退。

在前幾天我終於面對自己好好想過，因爲我知道如果再這麼下去，這段還未開始的戀情就會被迫消失，而我，就算是想後悔也來不及。

爲什麼會這麼想？爲什麼會覺得自己放棄你會後悔呢？

我一定心有不甘吧，因爲碰到一個這樣的男人並不容易啊，如果眞爲了以後未必會發生的苦難而拒絕現在的幸福，又何苦呢？

我想要幸福，是的，我想要我們在一起的幸福，我想要我們在一起時的快樂與墮落。

我想要你。

千言萬語不知從何說起，還是等妳回音。

明早八點五十五分在捷運站的蔥油餅攤前見。

不見不散。^_^

害怕聽答案的Lance

擔心你忘了開Mail的Lucy

n

與名叫回憶的女人分手

「放開我，你把我弄痛了！」

M的男友冷不防地抓起她的左手腕。細細淺淺深深的小疤痕，在M的手腕上猶如剛帶過細毛線所編織的手環勒痕一般，不明顯但仍看得出痕跡。

「要分手也不用選日子，」M男友J嘆口氣說，「就今天好了，在情人節分手，說不定妳以後會記得我多一些！」

彷彿日劇加上舊式瓊瑤電影情節，他們也沒想到這種結果會發生在自己身上。

M手腕上的小疤痕是前任男友留下的。

M的前男友在某天與她賭氣後，於回家的路上發生車禍，雖說命大只是右小腿骨折，但卻不讓M去照顧他，甚至最後只在M的手機中留下「哀莫大於心死」這句話，讓M受到震驚。因爲M與前男友在一起時總存著多一個男朋友、多一個選擇機會的心態，讓前男友心瘁於此，最後終於藉著這場車禍，遠離了

M。

M自責不珍惜，在得知無法挽回的那夜，坐在牆角流著清淚發呆許久，最後拿出前男友留下的鉛筆盒中的小刀，無意識地輕割著左手腕，想從身體的痛處去解放心裡的傷口。一條一條的刀痕泛著血絲爬在手腕上，然後順著手臂流下。M呆望著手腕上的傷口，直到一滴血滴落到地毯上，才緩慢起身抽了幾張面紙將傷口摀住，同時也放聲大哭了起來。

這已經是兩年前的事了，不過M總是不能忘懷那段情與傷害男孩不可原諒的事。傷痛與自責在時光中減退，半年前，M認識了J，決定這次一定要一心一意好好珍惜這段愛情。

她變得像個小女人一般，對J萬事柔順與承諾。在J還沒說出口需要什麼東西時，M便已經貼心的準備好在旁；當J與朋友打整夜麻將時，M就乖乖坐在他身旁，只要J有時回頭對她露出得意的微笑或假裝的生氣時，便會忘記熬夜的難過與無聊；就算是公差出國、還是加班加再晚，M也不會忘記在台灣時間十二點準時打電話給男友，詢問今天不在對方身旁時各自發生的事。

「好像妳都在爲我而活嘛……有時也要有自己的空間啊！」J不耐女友的隨時跟從，便曾對M這樣說過。

M望著J流露出抱歉的眼神，但J卻察覺出女友反應出來的神情不如表面般的簡單。

「有事嗎？」J關心的問道，腦裡想起什麼事似的，眼角望向M的左手腕。

「你欺負我愛你比你愛我的多啊？」M將雙手伸進自己的牛仔褲口袋中，笑嘻嘻地回答著。

M曾經對男友解釋過手上疤痕的來由，十分輕描淡寫的帶過，就說自己小時候做了小傻事。

其實J早在認識M沒多久，就在偶然間遇到M的死黨瞭解了事情的眞相，當時在M的死黨千拜託、萬拜託請他給M幸福時，他便下定決心要好好守住這段愛情。

但甜蜜纏綿的熱戀維持幾個月後卻使J產生想逃的念頭。M猶如模範情人般，對J好到幾乎沒自我，好到讓J覺得她在贖罪。

爲前一段幼稚的愛情贖罪。

而他便是這個被「貢獻」的人。

今天本是兩人相約要提早過情人節的日子，J親自去取了這輩子第一次到花店當凱子買得昂貴卻十分美麗浪漫的長莖深紅玫瑰，然而因爲花店生意好，雖然是在預定的時間去拿花，但卻等了一些時候。

J考慮要不要打電話給M，要她先去餐廳等著，別在路上等他吹風，但這時卻莫名想起女友的無脾氣，決定還是別跟她聯絡，讓女友多等等，看看她會不會等得生氣跺腳，打電話來罵人。

時候過了半小時、一小時，J在急得想破口大罵時，終於接過遲來的花束，也顧不得M沒打電話來相催，便快步走向與女友相約的路口。

「不要急，沒關係，眞的沒關係。」M抬頭望著氣喘吁吁的J說。

微笑，猶如天使般。眼神，充滿憐惜。J猛覺得自己就像一隻受到主人憐愛的小狗，卻發現狗主人口中叫著的卻是前隻已經死去小狗的名字。

他耐著性子，阻止自己的胡思亂想，牽起女友的手，慢慢地走向早在兩週前便預定座位的餐廳。

「M，我們的日子還長，忘了從前吧。」

J走著走著冷不防的說了這一句。

M驚訝自己的心事被戳破，馬上縮回被牽的手，露出難以置信的神情。

「別陷在自憐與自虐的情緒中，我愛的是妳，妳知道的，對自己要有信心啊！」

M沒命地搖搖頭，彷彿這樣就可以不去面對被揭開眞實面貌的從前與現在。

「妳如果不面對自己，我……妳覺得我們能隔著另一個人交往、結婚、做愛嗎？」J突然壓抑不住自己的心情，失控地粗魯抓起M的手，「別再爲愛情贖罪了！」

長莖玫瑰花掉落地上。

手腕上的疤痕刺眼的出現在兩人面前。

「要分手也不用選日子，就今天好了，在情人節分手，說不定妳以後會記得我多一些！」

J蹲下將玫瑰花束撿起，交到M的手中。

兩人沈默不語。

M想起自己精心設計的完美愛情就要毀於一旦，又憶起自己這段日子隱藏自我做個乖順女人的模樣，不知是痛心還是荒誕，想哭卻又忍不要想嘲笑自己。

她閉上眼睛讓眼淚滾出。

「我，我話是不是說重了？」J說，「我也不知道今天怎麼脾氣這麼壞，不過……」J吸一口氣以掩飾發紅想落淚的眼眶，「不過，我是眞的想我們倆永遠好好的……妳知道，遇到眞愛不容易，我並不後悔遇到妳、愛上妳。」

J說完，摸了摸鼻子，將視線轉往反方向，避免兩人視線尷尬的相會。這時才發現他倆的爭吵已經引來一群圍觀民眾看熱鬧。

「我……」M將花抱緊，準備說出接應的話。

J因爲瞥到圍觀的人群，在聽到女友的答話，立刻又將眼光轉回M的臉上，結果意外發覺了一個許久不見輕鬆的面龐出現。

兩人會心一笑。

她主動牽起J的手，臉紅的穿過看熱鬧的人群，禱告男友辛苦訂來的靠窗位子不會因爲他們的遲到而被取消。

N

愛情停在Nothing without Love的站牌前

2月19日 累斃了的星期一

都怪昨晚P打電話來訴苦，不僅讓我沒法好好看重播的〈電視冠軍〉，更讓我一整夜都在做著類似「好女人碰不到好男人」加上日劇〈長假〉的胡亂夢境，眞是累死我了！不過，一清早起床，我倒是突然有了個想法：

不知捷運站裡的男人有沒有好貨色？

人家說想要找什麼樣的男人，就去他會出沒的地方尋找。那麼我想要什麼男人呢？讓我想想……不、不、不，我應該這樣想，我的「勢力範圍」內至今沒出現過一個好男人讓我動情，可見得我該另闢戰區想……什麼跟什麼嘛……每次一想到男人就亂了組織能力，我看這輩子不是我當個傻子跟在男人背後，就是太理智一腳把男人踢開！

板南線群英錄：今天上班坐捷運，什麼帥哥也沒瞧到，倒是隔壁坐了個自認帥氣的「小朋友」（想必還沒當兵），偷偷將他的背包打開，然後不知拿了一瓶什麼東西低頭猛噴，不一會兒奇怪香水味冒出，蒸發的酒精味讓我打了好幾個噴嚏。

2月20日 一雙會彈鋼琴的手

今天又是固定每週開萬年會議的日子，老大問我最近有沒有遇到什麼有趣的東西還是書，跟大家說說分享分享吧。

我咧……每次都來這招，因爲其他同事都不理他這一招，所以每次都找我先來發聲，美其名是分享，其實叫做幫公子或公主唸書吧。喂喂，老闆，陪讀也會累的啊，更何況還要「分享」給心不在焉的人！

算了，今天本小姐不計較，要吸食我的創意與智慧也隨你們啦！因爲，今天上班時，我遇到了一雙會彈鋼琴的手。

板南線群英錄：早上坐捷運剛走進車廂，耳聽著莫文蔚在唱「寂寞的戀人啊」，眼睛就瞄到那雙手，修長纖細的手，猶如一雙會彈鋼琴的手，而順著手往上瞧，一張寫著「我懂文學與彈得一手鋼琴」的臉出現。

你應該可以想像那種60％書生加上25％運動員再配上15％農夫憨厚的臉吧。

他倚靠在鋼管，一隻手捧著外文口袋書，一手斜插在口袋時，就像是一個閃閃動人、有氣質的明星模樣。我彷彿就像花癡一般失神地望著他的手，幻想著那雙手在鋼琴上躍動的感覺。

2月21日　天啊，這是什麼世界

很高興我有了新的愛情幻想對象，這起碼讓我在上班時能減去一些憂鬱與工作壓力。

有時覺得，把自己當成一個白癡、只爲自己喜歡而活的女人有什麼不好？最起碼她可以看到喜歡的人就靠近去問：「今晚我有空喔。」然後眨眨眼睛。

想不到我才剛享受這種暗戀的氣氛，老闆居然跑來問我：「今天晚上有沒有空？跟我去見一個新客戶！」，更離譜的是晚上跟他去約定的餐廳，竟然只看到他一個人。他說客戶臨時取消，反正這頓飯報公帳，不吃白不吃，所以兩個人就在打死我也沒錢進來的高貴法國餐廳吃起無浪漫的晚餐來。

但是，女人的第六感直覺的告訴我，老闆有問題。

板南線群英錄：早上不見鋼琴王子，沒想到吃了頓無趣晚餐後，居然還遇到他，眞是上帝助我也！

這回我特意挑了他隔壁的座位坐下，打算好好來「瀏覽」這個男人。當然我不會笨得雙眼直瞪，讓人覺得失禮，透過對面如鏡面的玻璃窗，我可以假裝發呆，然後不漏掉任何一個完美的鏡頭呢。

但是不知是工作接觸的男人種類多還是如何，總之，越發覺得這樣一個完美理想中的美男子的性向……天啊，我怎麼開始把他將工作中那些粉味、有點娘的男人相比較？但是還眞的越看越像……我怎麼搞得……老天啊，快將他變回那個純男人類的鋼琴王子吧！

2月22日　世界顚倒饒了我吧

我應該去看看這個禮拜的星座運勢，看看是不是犯桃花還是戀愛運被石頭砸到，最重要的是結局會如何。總之，我快煩死了！

昨天猜測鋼琴王子的性向後，差點讓我自毀暗戀快樂心情，又想到古怪舉動的老闆，眞讓我快要捉狂。我猜想自己是不是有自戀傾向啊!?老闆請吃一頓飯就以爲人家喜歡上我，然後自尋煩惱。

今天一整天看到老闆都覺得怪怪的，好像他有話要跟我說又不說，三番兩次經過我的位子，停頓一下，就又走了。我到底是在這次工作週會報中講了什麼啊，讓老闆這樣「突然」賞識我？工作都做不完了，還要分腦袋來想這有的沒有的問題。

耶？天將降大任於斯人也，老闆該不會是收到上面的通告要升我職，所以才急著要拉攏我吧？

板南線群英錄：今天下班又遇到鋼琴王子。奇怪，連著三天不同時段坐板南線都能遇到他，是老天要我們認識多給我機會，還是，反過來，他也在物色我呢？

今天很想過去跟他搭訕講兩句話，或許假裝列車停靠太猛撞到他，或者不小心腳踩到他，還是借問一下龍山寺站出去後往哪走會到龍山寺。

管他是純男人類還是好哥們的同志，交個朋友總是可以吧？

但是，我還是提不起勇氣，只好一直望著那雙修長美麗的手指頭。

○ 時常這樣想起你

他總是抽軟殼的Mind。

其實Olive分不大清楚也聞不出這些香菸的個別味道，她只認得香菸的品牌、還有硬軟殼之分。甚至，她不喜歡人家抽煙，每次男友在旁點起煙來時，她總是「勒令」他站或坐在下風處，這樣難聞的煙味才不會往她這飄來，使得頭髮、衣裳沾滿惱人的味道。

但是，一個很短暫的時間，那年涼春與初夏交替的陣子，男友換了香菸品牌，那煙味卻讓她記憶猶新，至今彷彿成了男友的虛無替身。

淡淡梅子味道，Olive初初聞到時是這樣的感覺，好像是有人點著已經沖泡多次早無酸感卻仍留著梅子清味的薰香。

「是薄荷味道啊！」男友對她說，「耶，怎麼煙味讓妳聞起來變成梅子味了？奇怪……」他用力再吸一口，然後將煙往Olive的頭上吹，「我看過成分是有含薄荷但沒有什麼梅子的啊？妳再聞聞看……」

男友見Olive面未露出嫌惡之色，連忙將香菸從背包中掏出。

「那，就是這煙嘍，阿三去印尼玩回來送了我一條，早知道妳不討厭這煙味，我就叫他多買幾條來……」

男友將這紅色包裝的印尼煙遞給了她，便開始拉拉雜雜地談起阿三去印尼自助旅遊的經過。

Olive沒想瞭解這麼多，她只是懷疑怎麼有香菸是這樣味道的。因爲不討厭，或者說有點好奇喜歡，原本男友每抽煙定被Olive皺眉的情況，隨著現在點起這印尼煙，卻讓她微笑著躺在男友的肩頭，任憑煙味流動並停留在身上。

兩個禮拜或更久吧，在那忽熱忽冷、晴天雨天隨時變天的季節交換時節，一條飄洋過海的香菸，讓他們的感情加入了南洋香料的魔法，甜蜜平和，舒舒服服。

那時正值離開學校、剛工作一年多，雙方對於突來的愛情升溫沒啥大感覺，但數年後回憶起來，才發覺短短時日便將這輩子愛戀最濃稠的糖水一次飲盡了。

「要不要來一口？」男友將口中的香菸拿下，放在Olive的嘴邊，「吸吸看它眞實的味道？」

Olive將煙拿過手，深深聞了一下濾嘴與香菸，露出狐疑的表情，眼睛卻正好瞧見男友鼓勵的眼神，想了一下，還是將煙遞回男友。

「怎不抽？香菸可是人類的好朋友啊！」

今天Olive剛從電梯走出，便聞到一股熟悉的味道。在她納悶爲何這味道如此莫名熟悉卻又難訴時，分手已多年的男友面孔浮現在記憶中。

她循著煙味，找到正坐在樓梯間抽煙的同事。

同事以爲煙味燻到Olive，邊抱歉點頭，邊打算將半掩的逃生門闔上，卻只見Olive伸手向他要了一支煙與打火機，然後便走向上一個階梯，點燃了煙。

倚在牆邊的她，失神看著煙裊裊而上，那年的幸福回憶正被點燃的煙一點一點的釋放出來。

她吸了一口，時光彷若接到那時男友遞煙給她初嚐的點。

「怎不抽？香菸可是人類的好朋友啊！」

是的，香菸是人類的好朋友，尤其是忙碌與寂寞的人。

回憶四處亂竄，當她回神時，發覺香菸已經快燒到濾嘴頭了，手指這才發覺有點灼熱，一驚便將煙壓熄，然後便無意識地直撫摸著手指，彷彿剛才的香菸已經燙傷了她一般。

「同事這麼久，不知道妳也抽香菸，量不大吧？」

走出樓梯間時，借煙給她同事仍在繼續抽著不知是今天的第幾支煙。

「不，我不抽煙也不喜歡人家抽煙。」Olive說道，「才上班就跑出來抽煙，小心老闆抓喔！」

她笑著撇下這句話便急急走向辦公室。

月夜下窺見從前的愛

打開電腦，P習慣性的另開一個視窗，進入某個網站的留言版，看看這兩天的留言內容。

以前她常來逛此留言版，幾乎可說是天天，但從沒留過言，只是有一搭沒一搭的看著，尋找某個特殊符號，因爲她知道男友常常到此加入談論的行列。

這種舉動，男友並不知情，她也從沒對男友講過此事，只是當他與朋友哈拉提到某些話語時，她會抿著嘴偷偷地笑著。

P喜歡這樣有距離的看著男友，彷彿是陌生人，又像是在偷窺他的生活。

半年前她與男友分手後，便停止了這項「嗜好」，但是上個月不知爲何突又想起此事，夜半在家上網時，她便輸入熟悉的網址。

我只是想知道他最近在做什麼罷了。她告訴自己一個理由。

一切沒改變，男友，喔，不，當前男友談論起某品牌的筆記型電腦仍是咬牙切齒，恨不得全世界的人都知道他們的服務態度惡劣。

當P一頁一頁看著留言時，嘴角不自覺地露出微笑，一種消逝的幸福又重回上身，難捨這種「面對老朋友」的感覺，她開始天天上網並不忘向此網站報到。

「夜半會私情啊！」P的死黨知道後，想了老半天也不知該如何叫她停手，只好說：「跟電腦談戀愛是不會受傷的，怕是怕，有人念舊情啊。」

P聽了只是搖搖頭。

上個星期留言版上出現了幾個對電腦有疑問的女孩，丟了一些問題，熱心的網友們幫她們貼上私家解決方案，使得這幾條標題出現熱門的情況，而回答的「顧問群」中也包括了P的前男友。

回答的中肯有力。這是P看完前男友回覆問題的結論。

一時興起，她也想加入留言的行列，看看自己拋出的問題，前男友會怎樣回答，但當敲好問題後，一顆興奮的心回到原點，最終她還是按下取消，沒將問題送出。她怕前男友從匿名的問題中，嗅到她的味道。

我常到這裡逛，給你網址，按下去就可以到了喔！^_^

這是留言版中某女網友留給他的訊息。

她循著網址跟到一個影迷俱樂部的網站，找到留言版點入後，翻閱幾頁都不見他的蹤影，於是又重回到繽紛燦爛、熱鬧到極點的首頁，發覺有聊天室，便抱著嘗試的心態，以訪客的身份進入。

joy：上次聚餐的錢還沒平分呢……:b

不想睡覺的魚：對啊，一個人要出多少啊？

joy：John，你唱歌好好玩喔

joy：唱起情歌也好好聽喔;)

不想睡覺的魚：對啊對啊，我們找時間再去唱吧，

不想睡覺的魚：不過別找QQ了，他唱歌難聽死了，還死佔麥克風！:^

John：男生出八百，女生出四百

John：下次聚會時再付給我好了。*^_^*

joy：好啊

不想睡覺的魚：me 2

John：跟你們才認識不過一個禮拜多，就覺得熟得像老朋友了

John：不怕你們說笑，我從來都沒跟女孩子這樣在網站上聊天、聊公司、聊心事聊這麼久，下線後還打電話跟人家『訴苦』，假日又一起跑出去玩，這比談戀愛時還瘋狂

John：我好像沒有認真的談過一場戀愛！^_<

joy：你不甘嫌啦！cccCCCC

不想睡覺的魚：你們公司那種壞老闆也只有我們才能真正明瞭……

這比談戀愛時還瘋狂……

我好像沒有認真的談過一場戀愛！^_<……

P望著螢幕上這些字眼，看著這幾行快速地被捲上頁面，不死心又將頁面拉回，不一會兒又捲了回去。

我好像沒有認真的談過一場戀愛……

她將電腦關了，爬上了床，張大眼睛發呆了一會，不耐日間上班的勞累，在眼淚滴濕枕頭前便不穩地睡去。

這時臥室的門突然被打開，進來個搶匪，拿把刀就往她心口捅，在她還沒尖叫與反應時，那搶匪居然笑了起來，說，我好像沒有認眞的談過一場戀愛……

我好像沒有認真的談過一場戀愛……

P驚嚇醒來，發覺自己一身冷汗，於是便起身打開衣櫃，拿出另一套睡衣更換。然而越想要裝作平靜的心，此時卻紛紛亂亂，頓時覺得心好酸，眼淚夾雜著回憶與痛楚，終究還是一滴一滴不爭氣的落下。

Q

魔電，夜未眠

Q坐起，將男人原本環著她身體的手撥開，並移開舒服跨在她腰間的腿，起身到浴室淋浴。

短暫且快速地清洗身子，讓Q覺得舒坦清爽多了，尤其是在空調剛關掉、室內空氣開始陰霾缺氧時。

她打開電腦，在Windows run時，推開窗戶，點燃一支煙，靠著窗邊習慣性地抽起煙來。窗外微溫的空氣開始混入室內，她回過頭看著床上的男人，熟睡的臉透露出幾分天真，額頭上冒出細細的汗珠，於是便將煙蒂弄熄，窗戶關上，坐到電腦前。

連上網路。數據機發出的吵雜撥號連接聲，在深夜聽起來特別刺耳，想必方圓三百哩未睡著的人都聽得到吧。

剛搬來這兒時，白天的工作依舊忙碌著，早上起不來整理，只好晚上忙著打點一箱箱的行李，拆封、擺置、丟棄。

正當整頓得差不多，預備將這些當初討來的紙箱折疊好，塞放在陽台時，突然聽到「唧～～～」的聲音，從空氣中傳來。

有人在上網。

Q想，這麼晚都兩、三點了，還有人不睡覺上網，難道明天不用上班？狐疑是狐疑，不過在此時聽到這熟悉的撥接雜聲，卻令她有種說不出來的溫暖感，好像這城市還有人陪著她不入眠，共同奮鬥。

「奮鬥」？哈哈，好吧，就算是奮鬥吧！

Q努力睜開迷離的雙眼，彷彿是要找尋訊號發源地。她左右張望了一下，當然是什麼也望不著，於是最後對著夜空打了個大哈欠，關上窗門，進房睡覺去了。

不知爲何，從那次聽到上網撥接聲後，往後只要在寧靜的夜晚聽到細微卻又尖銳的撥接聲，就會生起「遇故人」的感覺，而且不管自己是否已經準備睡覺，都會馬上起床打開電腦，讓屋裡上網的撥接聲也隨後響起。

多像在打摩斯密碼啊。Q偷偷地笑著。

其實在撥接上網後，Q也只是隨便逛逛、收收MAIL，沒多久就斷線、關上電腦，然後又爬回床上，等待睡神的到訪。但是她就是享受那種遠端聲響起，自己這裡又連接上響聲的感覺。

她開始幻想這位「Mr. Ring」到底是在做什麼工作，爲什麼總是在深夜才上網（難不成，他在節省電話費）？還是，他是自由工作者，懷有一身才華，在家接CASE，所以夜晚是他靈感最旺的時候，在網上尋求新刺激？

一定是男的嗎？Q心中的小惡魔跑出來說，說不定是個半禿頭，還將稀疏的頭髮從左邊越界到右邊梳理整齊的怪男人；說不定是個色情男子，半夜爬起來大逛H網站；也有可能是個女孩子，每天與男朋友相約在網上談天呢。

各方奇怪念頭湧進她心裏，每晚躺在床上等待撥接聲響起時，Q都想著這個男人（她「確認」是個男人），今天幾點會上網。若是時候差不多卻仍未聽到聲音，她還會打開窗戶，數著對面的大廈哪家燈還亮著，當個偵探，自己猜想那個男人，到底是住在哪一間（天啊，該不會是在同一棟，這樣我就看不到也猜不著了）。

如同暗戀又像初戀。總之，Q就這樣在夜裡一點左右等著「對方」的「呼喚聲」，然後再讓自己的「回應聲」傳回。

但是過了三個月左右，某天夜晚後撥接聲就不再響起了。

Q想，他可能是出差了；可能是回鄉下了；可能是生病了；可能是沒錢所以電話線被剪斷了。

連續五天都不再出現聲響，讓Q失眠，就好像天天聽著的安眠曲突然不再演奏了，不知如何安睡去。

第七天，Q仍輾轉難眠，連續幾天嚴重的失眠，已經危害到她白天的工作效率以及美貌。

這樣下去也不是辦法。

Q嘆了口氣。反正睡不著，她乾脆起身到陽台抽支煙。舒坦的吸了一口煙後，Q眼睛還是習慣性的數著今夜對面有幾間還未熄燈。

今天有……五間。她數著。

該不會那個人搬家了？還是，病死了？

Q望著樓下無人，連小狗也不見蹤跡，便把煙弄熄，將煙屁股彈到樓下。

進入屋內，Q打開電腦，連上網路，聽著「唧～～～」的聲音自從沒聽到對岸的聲響後，Q也久未在家上網。

「唧～～～」？她聽見撥接聲，怔了一下，看自己電腦上早就出現撥接成功的訊息，馬上就悟到聲音是從外面傳來的。

摩斯密碼這回換人打了！她急忙打開窗戶往外探去，發覺對面樓房七樓亮燈間有一人影在那左顧右盼。

兩人慌張轉動不停的眼神對上，都有點害羞的笑了。

那男人比比樓下，示意下樓談，Q點點頭。

「我最近剛換寬頻……」那男人搔搔頭，不大好意思地解釋著。

於是，公主與王子從此過著幸福快樂的日子

Q回信給好友時，自嘲地寫下這句俗斃了的「名言」，末尾還不忘加上臉紅笑臉的符號*^_^*。

將信寄出後，Q離線關了電腦，將床上已經睡成大字形的男人使勁地往床邊推，讓出一個大空位，滿意地躺在床上後，男人的身體又靠近，像無尾熊一般從身後又抱住她，有著鬍渣的臉還磨蹭磨蹭她的耳鬢。

Q一癢，將男人推下床，自己抱著被子帶著笑意漸漸睡去。

R

愛情不住在地窖

兩人最近鬧得有點僵。

「我說，我不想去參加阿偉的結婚喜宴，別勉強我好嗎？」R終於露出不耐煩的表情，冷冷地說。

「不去就不去，拉倒！」R的男友聽到了此番話，帶著怒氣後轉身而出，用力將大門關上。

R其實很想去參加大學同學的喜宴，況且他們愛情長跑了這麼多年還能決定永遠在一起，這種決心眞是令人佩服。但是，R很怕在婚禮上遇到老同學們，很怕老同學一碰面就問，「妳跟M什麼時候準備請我們喝喜酒啊？」

她跟M在學生時代是公認的班對，但畢業後沒半年就分手了，時間經過了一年左右，因緣際會遇到以前並不十分熱絡的同班同學N，居然挺合得來，慢慢便從同學變成好朋友，然後成爲男女朋友至今。

N當時在班上是另一對最有可能在畢業後馬上結婚的班對。

論起「結局」他更慘，畢業典禮都還沒舉行，他的女友就寫了封分手Mail給他，說在新找到的工作上愛上一個男孩，雖然兩人還沒一撇，但她已經準備去追求這份不一樣的幸福。

「喔，看不出來耶，我記得那時阿偉還是誰，在謝師宴上還高高舉杯祝你們早生貴子呢！」

「是啊，他也祝妳生雙胞胎呢！」

大家都以爲這兩對好事近了，沒多久就會寄紅色炸彈轟炸他們。沒想到，一對在半年後黯然分手，一對卻還沒畢業就結束了。

前幾天接到阿偉的請帖時，R和男友還興致勃勃地回想著學生時代的點滴，但一想到喜宴上將會遇到許久未聯絡的同學們，R心情突然被澆了冷水，便開始跟男友推諉不想參加。

她怕一個同學、一堆同學的詢問與解釋，她怕遇到M，她怕那種尷尬，她怕那種場合。

雖然畢業已多年，分手已多年，人事早已非。

她和N是眞心相愛的啊，但是人言可畏，誰知會有什麼八卦馬上被製造出來呢？還不如就這樣「安安靜靜」的談戀愛，不是很好嗎？

R疲累地坐在沙發中，望著一直開著的電視發呆，「今天我們請來星座專家任倪烜爲我們講解……」，她想著與N之間的關係，「××座最好小心，別總是將雞皮蒜毛的事當成是天下大事，妳覺得嚴重的快要地球毀滅了，別人可能只是一笑置之，快點收起你的自卑，只要每天吃飽一點，這個星座悲觀的個性就會被滿足的胃給消滅掉啦……」

她不太相信星座，覺得世界上的運勢只要十二等分就是全部，這邏輯怎麼算都有問題。但，剛在畫面中那位自稱是星座專家、也不知是爲那個星座占哪時間的卜，卻點醒了R身體裡某一個穴道。

「相愛是喜悅而不是黑暗。」

「妳希望別人祝福，還是自己隱瞞幸福？」

R腦海中猛然出現這兩句話，想了好久，才憶起這兩句話是出現在國中時所看過的漫畫中，那時還會將這種格言特別抄錄下來保存呢，不過小時候是覺得不痛不癢、可抄寫在畢業紀念冊上的八股話語，現時卻這樣貼近心情。

什麼樣的愛情是見不得人？經營一段感情需要多少時間呢？如果愛情被男友鎖在地窨中會生氣嗎？什麼才叫戀人……

她抬頭望著天花板，沈思了一會兒，然後拿起手機，按下專屬男友的速撥鍵，決定先問他等一下要去哪裡吃飯。

8

隨波逐流吧，30歲的愛情

「如果，我在十七歲時遇到你，就好了！」

我對著他說，「只可惜，我已經三十歲了，現實比浪漫更重要。」

初遇到他，就將我三十年未起大波大浪的心海，捲起狂浪。

一個從小就夢想的男朋友出現了，一個活像從文學書籍中走出來的男主角出現了。

他算是有錢人家培養出來的公子哥兒，平時喜歡畫畫，畫畫就是他的工作，畫出來的作品也有人欣賞，並且購買收藏，當沒靈感不畫畫時，就去逛誠品、美術館什麼的，整個人充滿著令人著迷腐敗的貴族氣息。

初遇他時，正好跟朋友在咖啡館喝下午茶，他經過，朋友手一招，他心情好，就坐下跟我們一起喝咖啡聊是非。

當時我不知道他的身世，但覺一股莫名氣質強力的吸引著我，讓我不時在談話間偷偷打量他，甚至覺得有些失禮，不過他倒是見怪不怪，一點也沒放在心上。

回家一想，才發覺，他根本就是我夢想中喜歡的男子類型，因爲太夢幻了，所以從沒想過會在現實生活中遇到……嗯，原來眞實生活中，眞有這類人物啊。

我不能確認是否眞的「煞」到他，因爲那種心情就像是仰望著、迷戀著超級偶像一般地不眞實。

況且他大我八歲，不，我不在乎年齡，三十八歲男人與三十歲女人如果可能談戀愛，年齡不是問題的。不過他的心臟有點毛病，每天都有佣人在旁叮嚀他吃藥，這應該也不是問題，誰沒有小毛病？

我想，我被這突來的感覺沖昏頭了。尤其是跟他單獨約會過幾次後，簡直就被他豐富的才華與優雅的氣質給迷住了。

如果每天大腦運轉二十四小時，他會在我的腦子中狂轉一百小時。

我以爲我是小歌迷遇到超級天王偶像，狂迷只是一陣時間，他也沒空眞的對我動眞情，所以便盡情裝年少，將學校的天眞、對文學的狂熱都一股腦地掏出。沒想到，當我稍微恢復理智，重新整理這段「感情」時，我已嗅到愛情接近的獨特氣味。

大夢初醒。十七歲的那個年少的我如浪潮退去，突然回復了還活在現實的我。

「我想，趁我們都對這段感情還涉入未深時，各走各的吧。」

我約他出來談個明白。

「你知道，我們如果繼續走下去，就會談論到婚姻。」我想坦然一點講，「我不在乎你的年紀，但怕你的健康問題，若是你身體沒問題那還好，如果出問題，依我的個性可能就會傷心的度過下半輩子，無法忘懷你。」

「還有，當你畫畫時，脾氣會變得很難搞，我一時會覺得很有個性，但久了怕會開始討厭、疏遠你，甚至恨你。」

「我不知道妳這麼『坦白』，保護色這麼濃厚。」他露出難以捉摸的笑臉說著，並習慣性地將手伸進褲袋取煙出來，結果手一碰到褲袋就發覺煙早在前幾天戒了。

他在我面前晃著雙手。

「如果，我在十七歲時遇到你，就好了。我就會爲了夢想、爲了愛情、不顧現實，就算跟你私奔也幸福得可以。」我怎麼開始有點心虛了？「只可惜，我已經三十歲了，現實比浪漫更重要。」

他不語，久久才迸出一句，「誰也料不到何時會遇到幸福。我，三十八歲了，也不知道這次上帝有沒有在幫我搖幸福鈴。」

「對啊，說不定我明天就被跳樓自殺的人壓死了。」我白了他一眼。

「那，就這樣吧，我明早還有事，先走了。」

「明早？你很少安排早上辦事的啊？」

「上個禮拜安排好的健康檢查，要住院一、兩天，放心，住的是個人病房，別人騷擾不了我的。」

說完，他轉過身，向我揮揮手便走了。

我有點心酸。

今天在他面前，我就像是一個帶著一張三十歲假裝事故老女人面具的少女，一個自以爲已經長大卻沒眞的長大的女孩，還一直嚷嚷著別人都太天眞。

我被愛情的前浪與因自私而捲來的後浪剛好夾在中間，沈沒了。

不知該向前追他還是轉頭。我移動了腳步。

7

還我十塊錢

在得知樓上的網路公司即將進行裁員動作後，T心跳了一下。

天啊，怎麼這麼快？T心裡想著。

她才不管這些網路公司要倒不倒，她在意的是上上星期遇到好久不見的朋友，他也正在樓上的公司上班。

樓上的網路公司搬來有半年了吧，想不到裡頭居然有認識的人哪，而且是小時候的鄰居。

T嘆氣地想來想去，最後發覺只有一句話可形容此情景：

命運造化。

那天T冒著會將柏油曬軟的豔陽，與同事一起跑到公司附近買涼麵回來吃。

當邊爬樓梯邊與同事聊辦公室太皇老爺八卦時，身體突如其來的被後方超前的人給擦撞到，而且對方似乎不知情，超越她們後還有說有笑的繼續上樓。

滿腹怒氣的T，「喂！」她拉開嗓門：「喂！撞到人也不會說對不起啊？」

「啊？對不起、對不起！」前方的人群中有一男生回頭連聲道歉。

「都不知道是誰佔了空間，讓後面的人過不去……」當中有人在嘀咕。

她張大眼睛想看清楚說話的人，凌厲的眼光馬上擊中目標。

「張正文，不要以爲……？」

T連名帶姓道出後，反而停了下來，自己覺得莫名十分，居然對著一個陌生人喊出小時候青梅竹馬的名字。

「T，長大後個性都沒變喔！」陌生人笑了。

這算是女人的第六感嗎？T無意識狀況「認」出了他，而他也藉著T不假思考喊出的名字，推斷出那個小時候天天玩在一起的女孩。

啊……眞糟糕！怎麼會在這種「女暴君」的情況遇到他。

T有點慌。那個沒事時就端出來幻想的男孩，那個小學六年天天吵吵鬧鬧的男孩，那個將喜歡放心底、臉紅辯是氣紅的男孩，怎麼會在這種場合出現？

眞窘……T好想這時剛好台階沒爬好，就順道一路滾到樓下，然後得到腦震盪，將這不完美的畫面全部失憶去。

「……」

張正文瞧著她臉一陣白一陣紅的，於是對她搖搖手，與同事又上樓了。

「我現在住在以前猴子他們家那裡，有空來玩哪！」

T怔了老半天，回過神才發現人沒滾到樓下，手上的涼麵倒是不知何時已經掉落在階梯。

她藉故忘了買飲料，要同事將她的涼麵先拿回辦公室，自己跑下樓，一個人站在便利商店的開架式冷藏櫃前愣了許久。

怎麼會發生這種事……一個綁了阿桑頭的女人、口紅又忘了補、去海邊正在脫皮的雙臂、裙子上還有一小圈洗不掉的咖啡渣殘痕……我怎麼會以這種面貌遇到我的初戀情人？

懊惱。

邊懊惱，邊心跳。

雖然已經知道張正文就在公司樓上的網路公司上班，但是T就是不敢直接去找他，只是從碰面的隔天起，T就特別天天穿著整齊、美麗的衣裳、隨時注意臉上妝容，並且上班、午餐、買零食、喝下午茶、下班都走樓梯，希望能再遇到他，然後交談，然後……然後怎樣呢？T對自己的行爲也無法解釋得清。

今天聽到樓上網路公司預備大幅度裁員的小道消息後，T根本無心上班，拿著杯子一直在座位與茶水間來回不自覺地走著。

「T，妳在等什麼？等泡咖啡嗎？」同事見她進出數次手上仍捧著茶杯，關心地問著。

她隨便點個頭，便又走出辦公室，在茶水間呆了一會兒，終於耐不住自己失神狀態，決定上樓問清楚。

「張正文？他提早走了喔，不會再回來上班了，妳是……」

「啊？我……我是他的債主，他還欠我一些東西沒還……」

要到手機號碼後的T，趁著勇氣尚未燃燒完，馬上撥打電話給他。

上天保佑，千萬別是語音留言啊。

「喂。」

「你的債主，T小姐，想今天下班後去取回小時候她借給一個叫做張正文的男孩的十塊錢！」

「十塊錢？……喔，對了，我跟妳借過錢，可是，我那時是拿來買禮物送給妳的啊！妳要轉學，我沒錢買禮物送妳，只好跟妳借錢買禮物嘍，那這樣錢還要還嗎？」

「要！而且還要加利息！」

「恰查某！哈哈，晚上連本帶利請妳啦，大方吧……」

T聽著聽著終於露出純眞羞澀的笑容。

U

愛情高掛修理中

在等最佳的分手時機吧。

U耐著性子準備跟男友耗下去，直到誰被對方磨掉了性子，誰製造吵架；或者，誰消失了；然後，各走各的路，分手。

眞的很奇怪，其實兩個人都明明知道這段戀情已經走不下去了。U看見男友已無話題，就算聊兩句也常因不對盤而吵起來，而男友連電話也不大願意打，總是哼哼哈哈的兩句話便草草結束。

難道已經到了不結婚就必須分手的局面了嗎？U問著自己，但是想著下半輩子天天可能都要這樣無趣的相望，卻又讓自己心驚膽跳。

那天聽到母親跟結婚兩年、懷孕七個月的表妹通電話，「習慣就好了！人生，就是這樣嘛……平平凡凡，每天有他、有妳，以後有小朋友，現在妳嫌他煩、不懂情趣，有天他失蹤了妳還不知怎麼活呢……」

她不知道目前與男友正處在什麼狀況，臨界點嗎？通過去就是一片晴天，不跨過去就下雷雨，但是U沒想要結婚甚至訂婚，男友也沒這意。直到那天兩人相約吃晚餐，話沒說兩句就停了，誰也沒再接話，幾分鐘後，一種從沒有的尷尬感襲身，她抬頭看男友，一樣奇怪的表情也出現在他臉上，才終於發覺路已經走到盡頭了。

然後兩個人就開始等待分手的時刻。

好像懷疑得絕症的人終於被醫生宣布還有幾個月的時間可活，但是是幾個月呢？醫生不肯定，覺得會比預期長一些，病人卻認爲隨時會蹺辮子見上帝去。

「時間不多了，隨時都會分手啊」好像一個符咒貼在兩人的臉上，一見到對方，一方面可喜這爛日子終於要結束；一方面卻又想好聚好散，甚至有些離情依依，想珍惜這倒數計時的日子。

食之無味，棄之可惜吧。U不瞭解這樣的心態是自己有病還是怎樣。總之，唉，好聚好散，大家來熬吧，看誰受不了，就提分手嘍。

誰也不想當分手的罪魁禍首。

所以，兩人還是一個禮拜固定吃一次晚餐，幾天通一次電話，舉止有禮，不動情緒，就算氣快爆出來，也活生生地將它呑下，露出最完美的笑容。

好似情侶模範生。U只要想到這般情景總不免苦笑著，莫名的難過感常讓她不知爲誰流下眼淚，或者對著牆壁發呆嘆氣。

好久沒到男友的家了，今天又是一週一次的聚餐，男友因公事延誤，於是打電話要她先到家裡等他。

她進門開始習慣性地收拾起散亂在沙發、地上、桌上的報紙，也將冰箱裡已經過期兩個禮拜的鮮乳、沒氣的可樂、爛了一半的西瓜丟掉，然後將兩大包的垃圾綁好，放在大門玄關，一邊想著等會兒該買哪些飲料、泡麵來補充糧食。

發覺男友還沒回來，於是U想開音響來聽聽，正在尋找CD片時，男友回來了。

「這個是我的還是你買的？」U拿起一片沒殼的CD問著。

「妳的。」

「耶，這片也是我的，我都忘了你拿走了，還以為借給阿芬呢。」

U翻著堆一落的CD，好像發現新大陸似地找著自己的片子，沒發現男友在旁不吭聲已久。

「妳，這麼快就想拿走妳的東西？」男友終於發聲。

高興找到四、五片CD的U，沒聽清楚男友說了什麼，回頭一望，發現男友正站在自己身後，帶點責備的表情看著她的行爲。

「……」一時口結的U，沒想到兩人「期待」已久的分手導火線終於爆發了，而且還是自己的無心之過。

又氣又好笑的她，壓住自己因氣憤而發抖不已的手說：「現在不拿，等你收拾好快遞寄給我啊？」她盡量輕聲、無表情地說著，但又怕男友以爲她留戀這段情，想緊接著開口說些什麼，卻又不知該說什麼。

「哼，幾片CD，誰會花錢叫快遞，要就趁現在自己拿吧！」男友拿起車鑰匙，使性子地走到門口，「拿好了，就快點，吃飯都來不及了！」

U看著男友，依他以前的個性早就甩門而出不管她了；而自己呢，也常常氣得拿了垃圾就往門外跑，現在呢？現在大家在顧慮什麼？

「阿芬說要借這片CD好久了，我拿去給她。」U盡量不讓腦筋思考，用力吸一口氣說：「這些CD我拿走了，就、就這樣吧！哈哈，以後可不要太想我喔！」

話一說完，U順著眼眶流下眼淚，也釋出了愛戀的笨重大石頭。

兩年的感情就這樣結束了，是不甘嗎？

看著低頭的男友，U的腦海裡回憶起點點滴滴。

「別忘了倒垃圾，我先走了。」U終究丟下最後一句話。

V

眞空包裝的過期愛情

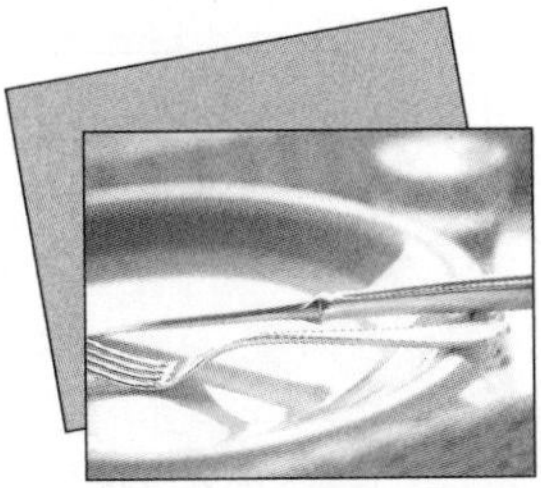

親愛的小C：

在此時接到妳的來信，雖然只是封電子慰問卡，妳甚至也沒提上幾句安慰的話。但，我知，一切盡在不言中。

我和V的戀情，說來最清楚的應該是妳吧。

雖然我很悔恨當個最後知道有第三者的笨人，現在回想起來，妳似乎在那段時間「若有似無」的曾多次提到小心情人這回事，被假幸福蒙蔽的我還以爲妳在說著別人的故事呢，沒想到，傻子眞是我。

在提筆寫信給妳的這時，被背叛的感覺還是深深刻在我腦海中，那個叫憤怒的怪獸完全打敗因失戀想痛哭流涕的我。

我整日頭昏昏無法鎮定，世界因爲我的腦壓持續升高而渾沌不已，可悲吧！但是在昨晚，我不停回想著有次參加小時鄰居喜宴的事。

那是在去年底我和V相愛相戀快兩年時，小時隔壁鄰居結婚捎來帖子，我們家就推派我回去參加喜宴，於是就帶著V一起回到小時候居住的眷村吃結婚辦桌。

V似乎很久沒參加這類的喜宴，顯得有些興奮，一會兒要我帶他去看新娘，一會兒又自己跑去跟新郎聊天，還跟鄰居的媽媽對著大餅討論起哪家好吃的瑣碎小事，彷彿他是個準新郎一般。

其實那時我們只知道以後會永遠在一起，但從沒積極考慮過結婚這事。

婚禮開始，新娘新郎入場。

他冰涼有點發抖的手牽著我的手，臉上露出此刻最幸福無比的表情，我想當時他把自己幻想成新郎吧！我從未看見過V如此興奮、高興、幸福和緊張，他一邊看著婚禮的進行，一邊不停地低頭看著我，傻呼呼的神情加上讓他帶起來緊張的氣氛，使我不由得也「身歷其境」，彷彿今日要結婚的是我們，準備接受眾人的祝福。

他失神地笑著，被幸福激昏頭地笑著。

我永遠也忘不了那時他的神情。

事情經過半年多，上個禮拜五晚上我自己一個人跑去逛誠品時，「偶遇」到V和他的新女友。

或許是老天要我早日瞭解愛情的不可靠吧！我和妳總是跑到紀伊國去看書，很少到誠品鬼混，沒想到那日突然想去那裡翻翻書，就這麼「不巧」的遇到不該看的場面。

我看到V和一個女子在雜誌區翻閱著書，本想跑去給他一個驚喜，結果他卻給了我一個驚嚇的表情，讓我在一秒間馬上領悟到此女子的「地位」。

那是在驚訝後露出鬆一口氣的表情。

很奇怪，在事發的當時，我一直覺得V有種表情比這個更令我難以忘懷，但是這種想法只是一閃而過，因爲接下來的攤牌分手已經讓我發狂。

妳能想像三個人同坐一張咖啡桌，等待其中隨便的哪個人自動投降說不玩了（不管是唯一的男的，或者女的），然後才解散的場面嗎？呆坐了幾分鐘或者更久，最後於是我打手機CALL妳出來見面，準備自動離開這沈悶的空間。

我甚至已經想好了「退場」的順序：撥水→甩掌→翻桌子→尖叫→離開

結果，結果妳看到了。

妳來到店門口，我望了妳一眼，起身，結果桌上的玻璃杯不穩，潑倒在我的裙子上，我用手拂去水，沒多看他一眼，就拉著妳離開了。

然後我和V從此斷得乾乾淨淨。

小C，我是個何德何能的女孩，可讓一個男人兩種令人刻骨銘心的表情都在我面前上演？

不過，現在說什麼都沒用，不是嗎？不管是最靠近幸福天堂的微笑，或是背叛上帝的沈默，我都管不著了。

妳的好友小y

「兵變」那天天氣晴

為期一個月的新兵訓練，只有兩次的面會機會。

在經過等待入伍的漫長時間後，男友E終於到了光榮當兵去的日子。

起碼W是這樣想。

「唉，也不知道這些男人是怎想的，好像去當兵，女朋友就一定會背著他起『兵變』，情緒反反覆覆的，比女人還女人。」W向好友訴苦，「尤其是越靠近入伍的時間，他的神經就繃得越緊，好像全天下就剩下兩條路可選：一條是快訂婚將我綁起來；一條是快分手，免得夜長夢多。」

不管W如何向男友保證自己忠貞不二之心，E總是以懷疑的眼光看著她，眼光中透露著已經看到這兩年的某天悽慘下場。

總算，該來的總算來了。男友坐上火車依依不捨的當兵去了。

兩人沒有浪漫的事先寫好信封、貼好郵票約定每天寫信，因爲男友深怕會發生「戀戀風塵」中郵差娶了女友的悲慘事發生；而且，現在新兵訓練只有一個月，頭兩個禮拜面會，第三個禮拜便可回家休假，與女友分開的日子比起從前的可憐學長眞是短得太多了，要短時間內發生女友移情別戀的情況應該也難多了。

男友在上火車集合前，千交代、萬交代，一定要W去看他。當火車慢慢開離，E深情地看著她，彷彿這段戀情，從此以後只能聽天由命了。

W紅著眼眶，目送著半年來一直爲著當兵而不安的男友。

「妳眞的不能來?」電話那頭男友吼著。

「外國客戶臨時將時間提前，我一定要去接他，送他到工廠驗貨，我也很急好不好!」W在星期五下午被告知，原本星期一才來台灣的大客戶，忽然改變班機，決定星期六晚上就到達，星期日便要到工廠驗貨，然後直接離開轉去香港。

「是那個大客戶Johnson嗎？」男友懷疑的語氣像強勁電波一般，震得W腦麻麻。

雖然分開只有短短幾天，以前也發生過各自出國旅行的事，但是就是沒有這次彷彿一個在外、一個在內被「隔離」後產生希望見面的急切感。

頭一次聽到E用吃醋的口吻懷疑她是否有「外遇」，令W又氣、又好笑、又甜蜜。

當兵其實是好的，起碼，有小別勝新婚的感覺。

W望著剛結束爭吵的話筒想著。

第二次面會時間，W一早五、六點就站在火車站等「面會野雞遊覽車」，四周同樣等待的人群，有攜帶著大包小包的媽媽、婆婆、爺爺，以及一群看似要去探望同學，與自己年齡相似的男女。

W問男友要帶什麼去給他吃，「想不想念麥當勞啊？」E只是在吵雜的電話那頭傻傻地笑起來。

結果W最後什麼也沒帶，想到了營區，再去福利社或外面買東西一起吃。到了營區，W準備用身分證「領」男友出來，沒想到負責的阿兵哥說他已經被別人「領」走了，叫W自己去附近找找看。

在某一教室內，W看到男友與一群人坐在一起，正在大啖麥克雞塊與喝著可樂。

「他們是他的朋友，上次來過了，所以這次就先把我領出來。」男友指著其中一個阿兵哥說著。

久未見男友，W居然有點害羞的低下頭，不知該說些什麼。

「她喔，是我的……嗯……」

「七仔，對不對！哈哈！」同桌的男孩打趣說。

W望見男友身旁坐著一個女孩，偷偷地拉了拉他的褲管。

「哈哈哈……」男友的笑聲中，帶點尷尬。

女孩將原本站著的E拉下坐好，然後對他報以耍賴的微笑。

是那種女孩子要男朋友聽從他言時，露出的耍賴微笑。

原來上個禮拜，這個女孩子跟著朋友來湊熱鬧看看面會是怎麼一回事，剛好遇到雖有朋友來相望卻因女友不能來而鬱卒的E。或許E的長相正是那女孩喜歡的模樣吧，女孩便主動與E聊起天，不一會兒兩人就熟識得像舊友，最後居然彷若相見恨晚一般。

E的死黨回來後不敢跟W說起這件事，知道這次W會來面會，他們也全部都推託有事而沒來。

原來是這樣。

W面無表情看著男友，腦子裡重複播放著兩個禮拜前火車開離時，男友深情難捨的眼神。

現在，男友身陷桃花，完全忘了那時的心情了吧？

W不知是該繼續留下裝傻，還是把男友叫到一旁聽他的辯白。

「來，坐下嘛，他們多買了一杯可樂沒人喝，給妳。」

男友將可樂遞給W，W伸手將可樂接回，正想放在桌上，突覺一時氣憤難平，反手一用力就將可樂潑灑在男友臉上，身旁人也被危及到，急得驚叫跳開。

W狠狠盯著不敢多做表情的男友，心頭一酸，顧不得其他人奇異的眼光，轉身就逃離這個最後一次面會的場地。

𝒳

求愛X檔案，非電影

女人有第六感，男人也一樣有直覺。

X剛找到這份新工作，便打定主意，不管這裡的工作環境有多惡劣，一定、一定要爲了五斗米折一下腰。現在好工作這麼難找，況且失業率又這麼高，她可不想又因爲一些辦公室裡惹人討厭的人看不慣而又換工作了。

而且，老實說，X一來便看上了另一個部門的採訪編輯Davie，光第一眼就讓她心跳不已！所以就算是工作環境中出現一隻只爲上司、刁難部屬的長官，她也認了。

就讓「暗戀」來平衡工作的艱苦吧。

不過要當個不起眼的「花癡」很難，要保持距離讓辦公室的八卦男女不起疑心更難。

她選擇茶水間戰術，在茶水間內製造談話機會。

「對不起，我是Y部門新來的編輯，你是……？」就以此爲開頭話語，順便再請教他如何使用微波爐，然後還可談到他們的作業情況、截稿問題；一次生疏、兩次熟識，三次就可產生情愫……X對著自己天馬行空的想法，感到好笑。

都幾歲的人了，還會想玩戀愛遊戲？就當調劑無聊的生活嘍。

結果就在進入公司不久，有天眞在茶水間遇到Davie，而且剛好只有兩人。X克制因緊張而不聽使喚的手，禮貌性的向他點個頭，然後笨手笨腳地繼續加滿茶水。

Davie也禮貌的回了個禮，然後開了冰箱拿出鮮乳後便離開。

呼，好險。X見他離去，馬上拍拍胸部安撫緊張的情緒。沒想到幻想還成眞呢！也想不到自己跳動的心，還像是大學畢業時突遇初戀情人那樣亂跳不已。

以後互相禮貌性的點個頭，便成爲極有默契的動作，兩人相遇在茶水間，也會聊些工作上發生的好玩或八卦事。

「是啊，別在辦公室問我這些問題。」

X接到好友打來的電話，因收訊不良跑到大樓中庭輕聲細語的接聽。

「沒有，他沒有約過我，不過有說過有空要請我喝下午茶……因爲上次幫他聯絡了些廠商，他要答謝我……呵呵，沒啦，我哪有很高興……我不能確定他是否知道我喜歡他……危險？還好吧？……我自己會拿捏的啦，窮操心……」

掛斷好友電話的X，面對落地窗發呆著，懷疑自己是否從暗戀跳到苦戀的階段了，要不，怎麼連好友都發覺情況不對，打電話來探聽狀況？

或許吧，雖然還是維持著「同事」間的問答聊天方式，但是偶爾Davie無意流露出的善意回應與經過座位時偷偷露出的笑容，都令X以爲那是專爲她的動作。

他知道我心思了嗎？

「……哈哈，你喜歡就送給你吧！」聲音從樓梯間傳來。

「可是人家是喜歡我，送給你人家還不要吧？」

X聽出來是Davie和他那個部門的人在樓梯間抽煙聊天。

「我怎麼看不出來？別小看了男人自己的直覺。」

一股又羞又愧的感覺從腳板升起，「花癡」二字像千噸鐵塊從天而降，壓死了偷聽到話語的X。

她默默聽完對話，開始後悔因爲自己的多情而砸了飯碗。她打算一會兒遞辭呈。

「我？我對她的印象很好啊，但是，就怕小弟我配不上她，她要是知道我身邊總是黏了一堆粉娘的朋友，她不懷疑我的性向、不傷心死才怪！唉，還是順其自然。不，我還是……你說，我該怎麼辦？」

啊？這下X心情從谷底突然「咻」一聲地竄到了天空，而且還放出七彩煙火。

「還有，現在女人很討厭男人抽香菸，我煙癮又大，這些壞習慣若被她知道……唉，連形象都沒嘍……」

X很緊張，深怕Davie和他同事忽然講完話推門出現，那麼她的臉上就不只是寫上「尷尬」二字而已。

但是剛受到驚嚇的雙腳還是不聽使喚，移動速度緩慢，剛聽到門被推開的聲音，正好電梯的門適時打開，也不管是誰按的鈕，X三步併做一步將自己「推」進電梯下樓，臉上並露出神秘的微笑，久久不散。

y

停止發酵，我那鵝黃色愛戀

「我想見你……不，還是……我再打電話來給你好了。」

說完Y便掛斷電話，一個人在深夜裡繼續遊走。

明明已經很接近男朋友的住處了，偏偏還是一直在街上遊蕩。

T這時準備要睡覺了吧!?他總是沖個涼，只穿件內褲，便大剌剌地躺在床上看HBO看到深夜兩、三點，如果影片不好看，有時還會打電話給Y閒聊一些有的沒的。Y想著那時電話中除了T斷斷續續、有一搭沒一搭的談話，背景總是充滿戲劇口吻的英文對話填塞其中，常常聊著聊著，電影和深夜與男友的聲音全混合一塊了。

Y抬頭望著還亮著小燈的男友租屋，想像著今夜的電影是否精彩，T是否會在廣告空檔時想到她，剛剛那通電話是打斷了好電影的情節，還是他也正無聊進入待睡狀況。

其實已經跟爸爸媽媽說好不用再回家了。父母不置可否，覺得只要她快樂、幸福就好，但是Y也不想永遠待在男友的住處，沒有結果的戀情，現時再多的愛戀、相吻、相擁，對以後只是傷害。

「妳認識新的男朋友了嗎？」

T接連幾天在上班的時候接到Y打來的電話，Y總語焉不詳，讓T心生懷疑。

「還是，心情不好，怎麼不來找我？」

Y連說沒有。

「沒有就不要在上班的時候一直打電話來，妳知道這樣很煩耶。」男友壓低聲音說，「好幾天沒見面了，晚上碰面吧！」

「不要……嗯，好吧！」

Y看著已經亮出電量不足的手機，擔心著再不下定決心跟男友說實話，一切就都來不及了。

連續兩天，Y夜裡在男友家附近遊蕩，早上也沒去上班，從T出門開始，便像個偵探偷偷跟在身後。

她看著男友在街口買了豬排三明治加上一杯大杯的冰咖啡，然後急行軍似地快速走動並將早餐囫圇吞棗地吃進肚子裡；看著他像個呆瓜等捷運，懷疑他的腦子裡正在想公事還是她自己；看到辦公室中的李八卦又在慫恿他買芭樂股票，而他則點頭如搗蒜，其實一點都沒聽進去；還看到他正走到廁所前時，接到自己打來的電話。

Y注視著男友的一舉一動，回想著兩人怎麼偶遇、怎麼因吵而相識，而相戀。

「別再跟你們公司那個李八卦待在一起了，你被他利用得還不夠啊？還有，薪水匯到戶頭時，一定要記得將保險費和定存的錢先撥出去，免得錢花光了都不知道，那個密碼我都幫你壓在電腦螢幕下面，要記得喔。」

「妳要移民啦，怎麼這麼囉唆啊！快上來吧，今晚不用回去吧？」

「我……我不想上去。」

「妳想餵蚊子啊？快上來吧，耶，有新電影喔，快上來看！」

「我的手機快沒電了。」

「那就上來充電啊！難道要我下去迎接妳啊？」

「不用了！對了，我真的要移民了，明天就走了，今天……只是來跟你說再見的。」

「啊？喂！妳有沒有當我是男朋友啊？明天就要走今天才跟我說？」

咚咚咚的，T急急地從五樓下來，反倒Y沒想到男友會有這樣反應。

「妳說，妳說妳是不是有別的男朋友了？別拿移民來騙我，我從沒聽妳爸媽說過！」T氣急敗壞地指著Y說。

「沒有，我說沒有嘛！」Y幽幽的說，「我只有你一個。」

兩人沈默。

Y抬頭望望男友，發覺他生氣了。他努努嘴，頭抬得高高，一副不相信事情會這樣簡單的模樣。

她噗嗤一聲笑出來。

「我死啦，前幾天在上班途中被車撞倒了，沒想到這麼容易就死了！想，沒跟你說再見呢，所以這兩天一直找機會告訴你……然後，你看，我的手機快沒電了，我好怕來不及說，所以今天才會答應你的約會。這樣講得有夠清楚了吧？」

「神經！」

男友也笑了。

「好啦，事情說清楚講明白，我要回家了，你回去看電影吧！」

Y將男友推向樓梯。

「神經！」

男友笑著又蹬蹬蹬蹬跑上樓去。

開門聲，關門聲，微小的電視聲。

突然T從窗口伸出頭來，用手揮揮，示意Y快點回去，還用誇張的嘴型說了「Bye Bye」。

Y也高高舉起手，用力跟男友揮手告別。

待男友將窗戶關上後，Y將高舉的手依依不捨地慢慢放下，看到夜燈下手蒼白的沒有血色，連個影也無。

她低頭看著地面，跟隨二十四年的影子已經消失了。

Y回味著男友努嘴的好笑表情，一如當初因對徐克的導演風格而起爭執，最後T不甘心鬥嘴輸了而出現的生氣表情。

那是第一次因爲爭吵而喜歡上一個人呢！

那麼，就多保重了。

她小心翼翼地按下手機電源，顯示著電量不足的螢幕消失了，空空白白。

釀造最後一次愛情酒液

「你會不會覺得，像我這樣一年換好幾個女朋友，很爛？」

當我正專心咬著藥燉排骨上的肉時，突然聽到他的這番話，差一點不知該豪邁地繼續咬下去，還是斯文點，像個貼心的女朋友，深情款款地回望著他。

「很爛？不會吧，要不然，我怎麼會願意當你『現任』的女朋友？」

饒河街夜市藥燉排骨攤，天熱歸熱，一堆人還是擠在一起，大口咬著排骨上的肉，吸吮湯汁，然後自動丟進桌上的小洞中。

我和男友選定了經常來的那家攤子，擠在左邊一對年輕夫妻、右邊三個高中女學生的中間。正在毫無形象的享受著美食時，突然男友這麼問著，讓我不知如何接下去。

「喂，在吃排骨時談這個，很冷耶！」

剛認識G不久，他便向我坦白，我是今年他第二個女朋友。

「今年？」

「去年、前年的就不要算了。」

不知爲何，G的戀愛緣很差，不，應該說他的桃花很旺但不持久，不是遇錯人（比如只是人家的失戀備石，或者女的只是想「嘗試」交個像農夫的男朋友），就是使力不對（例如上個情人因爲對她太好讓她受不了而離開，結果下一個就矯枉過正太給空間，最後也走了）。每段戀情長則維持一年，短則兩個月就拜拜。

總之，他從十七歲開始就一直——愛著一個人→失去一個人，輪迴上演。「Z，這樣的生活眞累，我是不是跟女人有代溝問題啊？妳乾脆快點嫁給我，讓我一刀了斷……不是啦，是救我脫離這『愛情奴隸』的可悲人生。」

剛認識他，G就把過去所有情愛片段都招了，其實這樣也好，讓我從一開始就抱著永遠在一起是福氣，突然分開也不是自己有問題的不良心態與他交往，然而也是因爲抱持著合則來不合則去的想法，反而與他走了半年多。

我們之間的關係，是介於比死黨更好一點，就快要接近熱戀男女朋友的狀況。

就快要接近熱戀男女朋友的狀況。

他一年之中會因爲工作、因爲逛街、因爲朋友介紹而認識新女友，而我剛好跟他相反，我已經三年沒談戀愛了，大學畢業典禮那天，前任男友送給我分手的大禮物後，就沒再遇到一個談得來的男人可升級爲男朋友。

越來越挑剔吧，越來越像個老女人吧，越來越會保護自己吧，若不是因爲這是段沒有壓力的戀愛，我想，我也不會這麼快就與G進入男女朋友的關係。

可攻可退，我是個愛情的刺蝟。

「那，你會不會覺得我談一次戀愛就談七年，等下一次愛情還要等七年，很爛？」我反問G。

「不會，古時候的人不都這樣的嗎。更何況遇到對的人，才是最重要的，是吧？」

「是啊，所以上帝要你在談完十次戀愛後才覓得眞愛，然後讓我這種沒愛情緣的人一次就獲得永遠的幸福。」

我們很有默契的抬頭對看了一眼。

「這種肉麻兮兮的話，好像要坐在法國餐廳，吃著高級美食，然後用著很有氣質、學問的表情來說，才適合吧。」G一邊將肉骨頭丟進垃圾袋中，一邊在桌上抽出兩張衛生紙，遞給我，再快速地抽出幾張，擦抹了有油漬的嘴。

「十次？一次？很符合我們的狀況喔。」他牽起我的手，帶我離開還有人排隊等候的藥燉排骨攤。

「希望這次『農夫』不會再遇到現代豪放女，『村姑』也不會碰到無情郎。妳啊，就放心跟我談戀愛吧，別再硬撐了！」

「我可是身經百戰，就等這次眞命天后的到來喔！」

一顆心或許是太久沒受到溫柔的安撫，聽到男友這句話，我突然像個小女人一樣心軟了起來，眼眶還有點想下雨。而之前一直死守著的愛情邊界，似乎也出現土石流崩塌現象。

沒用的女人，一遇到眞愛情就投降了。

但是，這次，眞的是最後一次的愛情嗎？

國家圖書館出版品預行編目資料

愛情A to Z／一朵小花著 — 初版. — 臺北市
： 大塊文化，2001［民 90］
面；　公分. — (Catch ; 37)

ISBN 957-0316-92-6 (平裝)

857.63　　　　　　　　90015993

大塊
LOCUS
文化

讀者回函卡

謝謝您購買這本書，爲了加強對您的服務，請您詳細填寫本卡各欄，寄回大塊出版 (免附回郵) 即可不定期收到本公司最新的出版資訊。

姓名：____________________ **身分證字號：**____________________

住址：____

聯絡電話：(O)____________________ (H)____________________

出生日期：______年______月______日 E-mail: ____________________

學歷：1.□高中及高中以下 2.□專科與大學 3.□研究所以上

職業：1.□學生 2.□資訊業 3.□工 4.□商 5.□服務業 6.□軍警公教 7.□自由業及專業 8.□其他________

從何處得知本書：1.□逛書店 2.□報紙廣告 3.□雜誌廣告 4.□新聞報導 5.□親友介紹 6.□公車廣告 7.□廣播節目8.□書訊 9.□廣告信函 10.□其他____________

您購買過我們那些系列的書：
1.□Touch系列 2.□Mark系列 3.□Smile系列 4.□Catch系列
5.□PC Pink系列 6□tomorrow系列 7□sense系列

閱讀嗜好：
1.□財經 2.□企管 3.□心理 4.□勵志 5.□社會人文 6.□自然科學
7.□傳記 8.□音樂藝術 9.□文學 10.□保健 11.□漫畫 12.□其他_____

對我們的建議：____

____

____

105 台北市南京東路四段25號11樓

廣告回信
台灣北區郵政管理局登記證
北台字第10227號

大塊文化出版股份有限公司　收

請沿虛線撕下後對折裝訂寄回，謝謝！

地址：□□□ ＿＿＿＿＿市／縣＿＿＿＿＿鄉／鎮／市／區
＿＿＿＿＿路／街＿＿＿段＿＿＿巷＿＿＿弄＿＿＿號＿＿＿樓
姓名：

大塊
LOCUS
文化

編號：CA 037　書名：愛情A to Z

LOCUS

LOCUS

LOCUS

LOCUS